천천히 때론 굼뜨게

라오스, 길에게 안부를 묻다

천천히 때론 굼뜨게

라오스, 길에게 안부를 묻다

펴낸날 2022년 9월 20일

지은이 황의천
펴낸이 주계수 | **편집책임** 이슬기 | **꾸민이** 김소은

펴낸곳 밥북 | **출판등록** 제 2014-000085 호
주소 서울시 마포구 양화로7길 47 상훈빌딩 2층
전화 02-6925-0370 | **팩스** 02-6925-0380
홈페이지 www.bobbook.co.kr | **이메일** bobbook@hanmail.net

© 황의천, 2022.
ISBN 979-11-5858-892-2 (03810)

천천히 때론 굼뜨게

라오스, 길에게 안부를 묻다

황의천

길이 끝나는 곳에 새로운 길은 시작되고
길은 또 다른 길로 이어지듯
라오스에서 모든 길은 메콩강으로 통한다

우연이었다.
이 세상에 온 것처럼
라오스에 간 것도
그곳에서 코로나 시대를 겪은 것도

어느 기자의 지나가는 한마디와
같이 웃고 마시던 플레이어들의 농담 반 진담 반이
버킷리스트라며 친구들의 부추김이
그리고 어쩔 수 없이 갇혀 있어야 했던
코로나의 출현이 여정의 시작이다.

동남아의 숨은 보물, 라오스!
투박하지만 때 묻지 않은 사람들과
아직 원석의 풍경이 살아있는 곳
신작로를 따라 걷다 보면
4월 먼지가 바람에 풀풀 날려
외로움을 덮고 위로가 되기도 한다.

30~40년을 되돌린 듯
풀 뜯는 염소와 갓난아기의 헤픈 웃음소리
느릿한 초록 세상의 한나절
때론 바람이 읽어주기도 하고
때론 열대 비가 흩트리기도 하는
구름이 펼쳐놓은 메콩강변의 노을

사랑하는 아내와 아이들
가까운 인연들과 함께
언제 다시 한 번 꼭 걷고 싶은 강변길
살아있는 것들은 사라진 것들에게
사라질 것들은 살아있는 것들에게
살포시 어깨를 포갠 저물녘
오늘은 문득 안부가 궁금하다.

황의천

| 제1편 |

메콩강변에 노을이 물들면

| 제3편 |
자유인 자연인이 되어

에필로그

제 1 편

·

메콩강변에 노을이 물드는면

새벽강에 간다

새벽강에 간다

꿈자리가 사나워 눈뜨기조차 두려운 날

질질 다리를 끌고 새벽강에 간다

감긴 눈을 비비며

강물도 앞선 강물을 따라갈 뿐

아무 생각이 없기는 마찬가지

앞서거니 뒤서거니

그래도 강물은 절대 강을 벗어나지 않는다

졸린 눈을 끌고서 새벽강에 간다

폭풍우가 몰아친 뜬 새벽
어둠보다 까만 밤을
송두리째 흔들어놓은 천둥번개
이 세상 마지막 날처럼 쏟아붓는 소낙비
이때다 싶어 이불 속을 파고드는데
떠들썩한 새들의 지저귐
창문 밖이 환해졌다
칠흑 같던 밤의 고통은 흔적도 없이
어제처럼 또 흐르는 메콩강
어둠을 물고 있는 새벽강에 간다

사람은 더 이상 신비로움이 아니다
가까이 오면 달아나는 무서워진 세상
새벽 강변길을 걷다가도
마주 오는 이가 있으면 멀찌감치 돌아선다
바람에 옷깃이라도 스칠까 봐
얼굴을 가리고 고개를 돌리고
발걸음을 재촉한다
혼자 살아가야 하는 세상에서
타인은 결코 타인일 뿐인가 보다

메콩강 물결 따라 흐르는 뱃노래
세월을 낚듯 그물을 던지는 어부
뜬눈으로 밤을 새운 것은
강물과 물고기뿐만 아니다
동이 트기 전 물살을 가르고
한 주름 물고기를 대나무에 꿰어
어린 딸에게 다급히 던져주고
한 덩이 바람 밥으로 뱃속을 채우고
다시 강으로 사라진다

저 멀리 무지개가 떠 있다
뱃사람들이 물어보는 그곳
구름 너머까지 불뚝 솟은 오색 등불

지금은 갈 수 없는 땅
강 건너 태국까지도 하늘길을 만들어
사람 대신 안부를 전하고 노래를 부른다
꿈이 사라졌기 때문일까
무지개를 마구 찍는 사람들
순식간에 사라질 무지개
그 무지개를 잡으러
비 갠 새벽강에 간다

새벽 강변에는 늘
배고픔이 서려 있다
비가 쏟아지는 길모퉁이
물고기 꾸미를 펼쳐놓고
말똥구리 같은 앳된 소녀
콧등에 빗방울을 얹고서
강둑에 풀 뜯는 말처럼 제자리에서 서서
멀어진 발걸음에 두 귀만 쫑긋
오는 사람은 가고 없는데
주인 없는 개들만 문전성시
먹잇감을 찾으러 허기진 것들은
새벽강에 다 모였나 보다

서쪽 끝 막다른 강변길
주인 잃은 빈 의자가
밧줄에 묶여 시름시름 앓고 있다
수없는 바람의 발길질을 버티고
무릎과 무릎을 맞닿으며
새벽이 오는 줄도 몰랐던 옛 시절
이음 못이 빠지고
받침목마저 바스락바스락
맨바닥에 몸져 누운 채
흐드러지게 핀 갈대밭만 넋 놓고 바라본다

대여섯 노인이
말뚝에 자전거를 걸쳐놓고
주름진 입담들
간혹 알아들을 수 있는 것은
다이(할 수 있다)와 버다이(할 수 없다)
말끝마다 대답이 동그라미
휘어진 등을 기둥에 기대고 서서
강바람이 불 때마다 남겨진
몇 톨의 머리카락을 다시 끌어모으고
흐트러지면 다시 끌어올리고
차라리 모자라도 눌러쓰면 나으련만

바퀴살이 빠진 자전거처럼
입술을 깨물어도 헛바람이 인다

동쪽 하늘에 짙은 구름 벽을 타고 먼동이 트자
바람도 멈칫
구름도 멈칫
강물 위 물안개도 엉거주춤
빨간 승복 입은 스님도
탁발 암송을 마치자마자
합장하던 두 손을 허공에 남겨둔 채
골목길을 돌아 사라졌다
아침 해를 맞으려
새벽강도 강물을 급히 헹구고 있다

새벽강에 간다

푸른 멍이 든 새벽강

수많은 원망들을 듣고서 내뱉지 못한 채

오늘도 어느 슬픔인가를 또 담아야 한다

습관처럼 질문을 풀어

강물에 던져보지만

돌처럼 단단해진 강물

행여 대답이라도 할까 봐 두려워서

앓던 문장을 꿀꺽 삼키고

새벽강만 바라본다

─────── 한 뼘 더

　☐ 해뜨기 전 새벽 5~7시는 메콩강변 산책하기 최고의 시간, 신선
　　한 강바람과 경쾌한 에어로빅 장단, 열대벌레가 깨어나기 전이
　　라 산뜻하다.

　☐ 밤 8시, 여전히 기온이 30도를 웃돌아 숨만 쉬어도 땀이 난다.

　☐ 강변길에서 벌레가 콧속으로 무단 침입할 때가 잦다. 때론 마
　　스크가 최고의 방패막이(?)

저물녘 메콩강변에 핀 꽃노을

9월 메콩강은 가슴 한가운데 구름을 품고 산다
구름은 메콩강을 보고 몸단장을 한다
해 질 녘이면 메콩강에도 여지없이 어둠이 온다
시뻘겋게 타오르던 석양은 메콩강에 몸을 담그고서야
지평선 너머로 사위어간다

그리고 어둠은 삽시간에 밀려온다
갈대가 허리를 펴기도 전에
빨간 립스틱이 묻은 채로

어미의 강 메콩강에 어둠이 물들면
사방에 흩어져 있는 모든 것들이
어미의 젖을 찾듯
송아지처럼 강변에 모여든다
죽은 것들도 살아서 온다
마침내 배 위에 사는 어부들도 물고기를 달래어
길바닥에 눕혀놓고 문장을 쓴다

어미의 강은 강물만 있는 것이 아니다
어미의 강은 강바람도 만들어
돌이며, 들풀이며,
쓰러진 전봇대까지 흔들어 깨운다
밤의 강은 물비늘 한 뼘씩 벗겨내고
모든 것에게 생명수를 건네는 중이다

거품이 맥주잔을 채우고
화로가 붉게 닳아 오르자
강물은 강의 노래를 부른다
물고기는 소금 풍선을 불고
연기는 달빛에 그을려
참파 꽃향기가 매콤해지자
사람들은 손뼉을 치기 시작한다

7시만 되어도 어둠은 모든 길을 닫는다
가로등은 어둠의 한 조각일 뿐
오직 별과 달로 가는 길만 또렷하다
시골 장터 같은 초름한 등불 아래에
몇 단의 나물가지를 펼쳐놓은
늙은 할미의 노고를 덜어주기라도 하듯
밤도 어둠을 살짝 밀어낸다

밤하늘을 쪼개듯 연신 천둥번개
바람의 손사래가 거칠어졌다
검은 구름이 하늘 가득 밀려와
금방이라도 소나기가 쏟아질 듯 기세등등한데
우산을 든 이도
걸음을 재촉하는 이도 없다
염소 떼가 길 중앙에 서서
꼼짝도 않고 염불 중이다

구름은 구름대로
사람은 사람대로 살면 된다
억겁의 눈물이 모인 메콩강
금방이라도 떠내려갈 것 같은
가난한 사랑 때문에

초라한 저녁 밥상이 더욱 그립다
모두가 잠든 시간
어미의 강 메콩강은 어둠이 되어
모든 눈물을 삭혀 혼자서 운다

────────── 한 뼘 더

◻ 가로등이 많지 않아 강변길이 어둡다. 8시 이후에는 사람들이
   뜸하다.

◻ 라오스의 3대 명품은 구름과 메콩강과 석양이라고….

◻ 오후 5시 30분쯤 강변엔 저녁노을의 일필휘지

◻ 날마다 문장이 달라 카메라가 바쁘다.

메콩강에 띄우는 구월의 향기

라오스에도 구월이 왔다

가을바람이 문턱을 타고 살며시

베갯잇을 적시는 귀뚜라미 울음 대신

서쪽 하늘에 짙은 먹구름 따라

양철지붕을 두드리는 요란한 빗소리

삼월에 피었던 꽃은 또다시 피어나고

파란 나뭇잎은 언제나 그대로

들판은 변함없이 초록 물결이다

라오스에 구월은 왔는데도
거칠게 쏟아지는 저 장맛비
그리고 그 빗물 위에
다시 강렬하게 내리쬐는 저 한낮

바람에 뒹구는 나뭇잎도
사시사철 푸르고 푸르른 동남아 길모퉁이
뜨거워서 숨쉬기조차 힘들어
단조로울 수밖에 없는 열대나라의 일상
어쩌다 빗속을 거니노라면
야생 사우나가 따로 필요 없다
비가 하늘에서만 오는 것이 아니다
땅에서도, 바람 속에서도 쏟아져
우산은 아무짝에도 소용이 없다
콩 타작하듯 떨어지는 빗소리
주먹만 한 빗방울에 손등도 아리다

한바탕 난리굿을 치르듯
전화벨조차 듣기 힘든 날
연습장에서 운동하던
김 사장이 갑자기 짐을 싼다
라오스에 온 지 몇 달 되지 않았지만

회사 일에 얼마나 열정적인지
밥값이나 하고 있는지 걱정이라며
새 사업 발굴에 온 정성이라
볼 때마다 걱정에 찬 목소리였지만
오늘 저 발걸음은 분명 희희낙락이다
웬일일까 묻기도 전에
비 오는 날은 김치전이 최고라며
물론 김치전보다 땡기는 것은 술이라며
한잔하자고 전화를 받았다며
땀에 젖은 소매를 걷어붙이고
먼저 간다는 말을 빗물에 던져놓고
애주가답게 득의양양 사라졌다

라오스에서 주재원으로 산다는 것은
어쩌면 외딴섬에 갇힌 외기러기 같다
가족들과 함께 오기도 하지만
홀로 사는 경우가 더욱 그렇다
비행기로 5시간이면 오갈 수 있어
맘만 먹으면 언제든지 닿을 수 있었던,
멀게 느껴지지 않았던 거리가
코로나로 모든 게 바뀌었다
5시간이면 갈 수 있었던 거리가
달나라만큼이나 멀고 먼 이국땅이 되고 말았다

더구나 최근 코로나 확진자가 늘고
변형 바이러스 지역감염이 확산되면서
비엔티안 녹다운이 6개월째 이어지고 있다
번번이 술 한잔할 곳도 마땅치 않다
서로가 얼굴 보기도 어려운 형편인데
우연찮게 홀로 파견 온 이들이
지근거리에 모여 살면서
점심을 같이 먹게 되고
주말이면 운동을 함께하게 되고
같이 보게 되는 날이 많아졌다

이번 주에 보지 않으면 다음 주엔 궁금해지는
알뜰살뜰 이국만리에서 친 동무가 되었다
거울에 비친 얼굴처럼 서로 닮아가는 삶

특히 특급 요리사 강 대표가 합류하면서
동네가 "술파트라"로 불릴 정도다
김치도 담그고 요리를 즐기는 신세대
주말이면 딸아이가 아빠 요리만 찾는다며
딸 바보 아빠라고 스스로 지칭할 정도로
가족 사랑이 유별나다
라오스 현지 사업의 바쁜 와중에도
오늘 김치전을 부치겠다고 나선 것도 그다
얼마 전 담근 김치가 삼삼하게 익었다며

비 오는 날엔 김치전이라며
잔치국수와 막걸리는 덤이라며
저 빗속에 훈김 나는 문자를 날린 것이다
누군가 집으로 부른다는 것은
내 속살을 다 보여주는 것인데
예전에 우리도 그랬던 것처럼
지금, 라오스에서는 그 두꺼운 껍데기가
허물 벗듯 벗겨지고 있는 중이다
라오스에서는 라오스사람답게

술을 마시기 위해 운동을 하며
술을 마시기 위해 일을 하며
내일 술을 마시기 위해 오늘 잘 살아야 한다는
돌진밖에 몰라 스스(직진의 라오스말) 선생이라 붙여진
애주가 김 사장과 또 다른 독주가 삼공의 궐기는
그의 순수한 만큼이나 마음도 끈끈하다
사회적 위치나 나이와 상관없이
술 한잔하고 나면
웬만하며 형 동생이 되는 사내들의 토굴
그들의 궐기에 나가떨어진 사람이 많다
몇 주째 복통으로 쩔쩔매는 웃음 많은 김 법인장
아마 5일 정도 생명이 단축되었을 것 같다며

해외 근무가 처음이라면서도
낯설어하기는커녕 사람이 좋아
사람이 있는 곳이면 어디나 나타난다
속이 안 좋아 며칠째 청국장만 먹으면서도
술자리만 생기면 언제 그랬냐는 듯
나타나 잔의 시동을 거는 불멸의 사나이
이제 그는 술파트라에서 종이호랑이 신세라고
아무도 무서워하지 않는다고 너털웃음만 짓고 있다

주재원 중 누군가
한국으로 돌아간다는 소식이 들리면
보내기가 아쉬워, 또 언제 다시 볼지 몰라
한 달 내내 환송연이 열리고
누군가 라오스에 오게 되면
고국의 향취를 맡고 싶다며
하루가 멀다고 불러내기 일쑤다
얼마 전 지인이 들어오자
14일간 격리를 어떻게 견디냐며
열대과일이며 맥주 박스와 안주 다발을
통째로 배달하고 메콩강변에서 안부를 묻는
사람 냄새가 진동하는 이곳 라오스 싱글촌

추석만큼이나 맑은 구월이지만

가족과 멀리 떨어져 외롭고

더위에 지친 단조로운 삶들이

일부러 음식을 만들고

일부러 사람을 불러서

인생이 뭐 있냐고 잔을 건넨다

따뜻한 사람들이 모여 살아서일까?

라오스의 밤은 아직도 30도가 넘는다

이름만으로도 설레는 구월이 왔는데도

북쪽 하늘엔 천둥번개가 사납다

우산을 함께 쓰고 가는 사람들

작은 세상은 더 따뜻해지고 있다

─────── 한 뼘 더

¤ 라오스의 빗소리는 통쾌하다. 양철지붕을 뚫을 듯 시원하다.

¤ 마음이 무거운 날 빗소리만 들어도 근심 걱정이 사라진다.

¤ 한 30분 시원하게 내렸다 갑자기 뚝 그치기 일쑤인 열대 비

¤ 거센 비바람도 아침엔 흔적도 없이 말끔하다.

갈대밭에 흩날리는 시월

오늘은 시월(구월 보름)

하얀 갈대밭이 드넓게 펼쳐진

메콩강변에 보름달이 휘영청 떠올랐다

90일간의 칩거수행을 마치고

마침내 스님들이 나오는 축제일(라오스어로 '옥판사')이다

깊은 암자에서 여름 내내 수양하는 하안거처럼

마침내 수도를 마치고 사람을 만나고 불법을 전한다

불자의 나라답게 새벽부터 시주를 하려는 사람들이

가지런히 옷을 차려입고 길가에 늘어섰다
집집마다 대문 앞엔 밤새 촛불을 켜둔다
우기가 끝나고 막 건기가 시작되는 시기
구름 위에 뜬 보름달이 산덩이만 하다

축제를 즐기려 인산인해를 이루었던 메콩강변에
올해는 강변 길목마다 군경이 막아섰다
꽃무더기에 촛불을 피워 강으로 보내려는 사람들
모든 액운과 불운을 씻어내려 꽃을 들고 모였지만
바이러스가 무서워 발자국마저 숨죽이고 있다
강변 갈대밭은 보름달을 머리에 이고
가을동화를 찾아 노래하는데
겁에 질린 사람들은 기타 줄처럼 떨고 있다
강 건너 태국에서 쏟아지는 폭죽 세례
참다못한 오토바이 떼가 미친 듯이 허공을 가른다

옥판사 다음날에 펼쳐지는 보트축제
전국 선수들이 벌이는 보트경기도 취소되어
그 화려함과 흥겨움도 볼 수 없게 되었다
코로나는 모든 일상을 바꾸고 멈추게 하였다
말버릇처럼 던지던 건강하라는 인사말이
요즘만큼 뼈저리게 다가온 적은 없다

바이러스에 감염되지 않으려고
코와 입을 막고 산 지 1년하고도 10개월
끝이 없는 바이러스에 삶은 지칠 대로 지쳤다
이곳도 10월 들어 하루 500건 넘게 발생하며
델타 바이러스가 맹위를 떨치고 있다

길도 막고 가게도 닫아
하루 벌어 하루 먹고살던
서민들이 살기 힘든 세상이다
4차 산업 혁명의 시대라고 부르지만
가난은 어디서나 어느 시대나 희생물이다

현지 동포들도 여행객이 끊기자
많은 사람들이 귀국길에 올랐다
장기간 길어지는 봉쇄로 남은 자도 버티기가 힘들다
오래된 한국식당도 살아남기 위하여
현지 라오스식 메뉴를 개발하고
실내 장식을 바꾸는 등 궁여지책이다
온라인 배달사업에 참여하며 버터 보려 애쓰지만
날로 쪼그라드는 수입명세서에
금 간 논바닥처럼 목이 탄다

한글 간판을 자랑처럼 달고 종횡무진하던
한국산 관광버스가 뒷골목에 갇혀 있는지도 벌써 오래
바람이 빠졌는지 벽에 힘없이 기대고 서 있다
페인트도 군데군데 벗겨져 번호판조차도 흐물흐물
단체여행, 골프여행, 배낭여행, 오지여행 등
거리마다 나부끼던 전단지도 까마득한 옛일 같다
건물 외벽에 반짝이던 여행사 간판은 오간 데 없다
여행지를 알리던 행선지 표지판마저 떨어져
가다가도 다시 돌아와야 할 지경이다

싱가포르니, 말레이시아니, 인도네시아니
2년 동안 이웃 국가 여행은 언감생심

지금은 비엔티안에서 벗어날 수조차 없다
어떨 때는 집에서 나갈 수도 없다
그야말로 홀로 갇혀 사는 세상이 되었다
그뿐만이 아니다
아침마다 가던 메콩강변 산책길도 막았다
어쩔 수 없이 집 앞 골목길만 몇 바퀴 도는데
목줄도 없는 검은 개들이 왜 그리 많은지
지나치려면 쭈뼛쭈뼛 등골이 오싹하다
밤 10시 이후에는 전면 통행금지
집에서 혼자 밥 먹고, 혼자 일하는
늦깎이 21세기형 돌싱이 되었다
먹는 것이라고 번번하기나 하겠는가?
속이라도 시원할까 라면을 냄비 채 들이킨다

이런 와중에 유일한 낙이라곤
가족을 보러 한국에 가는 것이 되었다
여기 온 지 2년 넘게 가족과 떨어져
버려진 이방인처럼 혼자 사는 사람들이 많다
그동안 갔다 언제 들어올 수 있을지 몰라
가족 상봉마저 미루고 미루어 왔는데
우리 정부의 입국격리면제 정책에 힘입어
요즘 들어 무조건 한국행 비행기에 오르고 있다

라오스에서 14일간 격리해야 하는 부담은
얼마든지 감수하고서라도 가족을 보러 가고 있다
지금 해외근무자들에게 유일한 탈출구가
유일한 희망봉이 한국행이다

최근 동남아시아도 위드코로나가 진척되고 있다
인도네시아, 베트남, 캄보디아 등은 이미 시작하였다
11월 들어서는 보다 큰 변화가 예상되고 있다
이곳 라오스도 백신 접종률이 50%에 다다르고
더구나 12월에는 422km의 중국과 철도개통이 예정되어
정책변화가 예상되고 있다
지금은 모든 국경뿐만 아니라 지방이동도 걸어 잠근 상태
Land-locked에서 Land-linked로 탈바꿈하려는
대륙을 향한 꿈을 어떻게 찾아낼지…
가난한 자도 입에 풀칠을 해야 하지 않겠는가?
무엇보다도 보이지 않는 공포에 떨고 있는 사람들
저 단단한 두려움을 무너뜨리는 것이 첫 관문일 것이다
갈대는 바람에 흔들릴 뿐이다

공원의 하루

더 푸르고 푸른 라오스의 하늘

구름 한 점마저도 너무나 부끄러워

나뭇잎 뒤에 숨으려 사뿐사뿐 내려앉는다

구름다리 위로는 낮달의 한가로운 마실 발자국

영상 14도까지 새벽 수은주가 떨어지자

긴 팔에 솜털 모자까지 눌러쓴 강변의 사람들

마스크로 가린 입가에 김이 서린다

밤새 떨었는지 창백한 안색으로

햇살도 모시이불을 뒤집어쓴 채 나올 생각이 없다

이 가지에서 저 가지로 씨를 뿌리는
새들의 파란 속삭임들로 공원의 고요는 이식 중이다

마른 야자수 가지가 구석구석 빗질하는 동안
밤이 남기고 간 흔적들은 깨끗이 지워지고
서늘했던 시멘트 바닥들이 꿈틀꿈틀
늉(원), 쏭(투), 삼(쓰리), 씨(포)에 맞춘 에어로빅 장단
거칠게 없이 흔들어대는 몸동작들
나이 뱃살을 복대로 칭칭 감아 돌리고
청춘을 부러워할 것 없이 타오르는 중년들의 열망
메콩강변 물안개도 덩달아 두둥실
한쪽 길모퉁이에서는 새벽 간이 마켓이 열리고
갓 뽑아온 배추며 상추며 바나나며 열대식물과 과일들
금방 낚싯바늘에서 뽑아낸 물고기들
아침 찬거리를 비닐봉지에 담아 달랑달랑
들고 가는 뒷덜미에 한 보따리 햇살이 쏟아진다

언제나 정수리에 꽂히던 햇살이 겨울 고개에 살짝 기댔다
하지만 양은냄비 뚜껑처럼 쉬이 뜨거워지는 열대지방
보도블록 사이를 비집고 나온 지렁이들
슬리퍼 한 짝을 질질 끌고 다니며
터진 바짓가랑이를 걸쳐 입은 젊은 사내 녀석이

살 오른 놈들만 골라 깡통에 주워 담는다
공중화장실 옆에는 새벽 댓바람부터 맥주나발
아침부터 마셔야 제맛이라는 듯이
비싼 오줌발(공중화장실 이용료가 200원)을 참으며
헤진 옷소매로 입가 거품을 쓱 밀어낸다
한 움큼 햇살이 사내의 바짓가랑이 속으로 들어가려다
찌든 군내 때문인지 엉거주춤 물러나는 12월

한낮은 개들의 천국이다
목줄도 없는 주인 없는 개들이
아무 데나 등을 베고 누워
알몸인 채로 일광욕을 즐기고 있다
처질 대로 처졌던 꼬리들도 바싹 힘이 들어갔다
보도블록 한 칸을 차지하고 온몸을 비틀며
뭐가 그리 좋은지 네발로 허공에 낙서를 하고 있다
인기척에도 아무 상관없다
묵혔던 빗물 때를 벗겨내듯 배를 마구 문지른다
뚜벅뚜벅 서너 마리 말들이 다가오자
마지못해 길을 내주고 기분이 상한 듯
말의 뒷구멍에 대고 사납게 짖어댄다
발길질 한 방이면 이 세상도 하직인사일 텐데
그래도 자존심 때문인지 꽁무니를 빼면서도 앙탈이다

나무 그늘아래 로또 간이 판매대가 즐비하다

월수금마다 로또 판매점은 아침부터 열린다

그늘이 없는 곳에는 해 가림막을 치고

젊은 아가씨들이 로또를 팔고 있다

햇살을 올곧이 맞으며 파는 사람들

판매금액의 20%까지 수익으로 챙길 수 있다고

판매대가 우후죽순처럼 생겨나고 있다

먹거리도 일거리도 사라진 코로나 세상

아저씨도 아줌마도 모두 로또 판매에 나서고 있다

사람의 그림자도 사라진 어둠 속에서도
손전등 하나 우두커니 켜두고
로또에 건 희망은 점점 늘어나는데
사람들의 호주머니는 점점 비어간다
로또 상점 앞에 우물쭈물 중년의 한 사내가
오토바이의 시커먼 연기만 호주머니에 남았는지
빈 지갑만 연신 털어내고 있다

5시만 되어도 해는 하루가 힘들다고
스멀스멀 메콩강 속으로 기어들어 간다
공원의 밤은 해가 넘어가기도 전에 온다
수백 개의 포장마차에서 밝힌
붉은 전구가 어둠을 서둘러 부른다
밤마다 열리는 공원 야시장은 발 디딜 틈이 없다
오일장처럼 없는 거 빼놓고 다 있다
코로나 확진자 수가 연일 최고치를 갈아치우는 이 와중에
1년 가까이 닫혀있던 야시장이 열리자
초기에는 사뭇 조심스러웠던 걸음들이 폭발하고 있다
구두며 옷이며 반지며 가방이며 시계며 값싼 물건들
단돈 천원이면 뭐든 고를 수 있는 옷가게가 인기몰이다
이 손 저 손 다 타서 해질 만한 옷가지
한 무리의 손님이 지나가자

또 한 무리의 손님이 와서는 똑같이
구멍이 날 정도로 만져보고 들춰보고 그냥 간다
가게주인은 손뼉을 치며 다시 목청을 돋운다
처진 어깨를 밤의 벽에 살짝 기댄다

강 언저리 넘어 흘러오는 노랫소리
베이스기타의 리드미컬한 동남아 특유의 경쾌한 음률에
늑대와 함께 춤(Dances with Wolves, 1990)을 추듯
바람결에 날아갈 듯 걷는다

아직 이른 밤 8시

하지만 이미 달과 별은 강변 갈대밭에 누웠다

모두들 집으로 돌아가는 시간

강 건너 태국에서는 저녁 종소리

12월이라 더 푸르고 푸른 라오스

신문지면은 온통 고속철도 개통 자랑거리지만

야시장에 설치된 붉은 포장마차에서는 술 대신

사람의 잔을 채우고

허기의 잔을 비우는

장터의 온기가 네온사인처럼 켜졌다 꺼졌다

오늘 하루도 힘들었는지

공원의 하루가 어둠 속으로 서둘러 들어간다

———————— 한 뼘 더

    ♡ 메콩강변에 있는 짜오누아봉 공원. 오후 5시면 빨간 포장마차
      의 야시장이 열린다. 점포가 3백 개가 넘는다. 없는 거 빼고 다
      있다. 값싼 짝퉁들의 천지라 그냥 둘러보아도 재미있다.

    ♡ 가격흥정도 묘미다. 가만있으면 알아서 깎아주기도….

    ♡ 한국 지원으로 개발되었다는 표시석이 발걸음마다 걸린다.

사람이 가고 사람이 오는 간이역에서

기차는 밤이 깊어도 오지 않는다
대합실 난로는 홀로 자정을 핥는데
샛강을 건너간 기차는 다시 오지 않는다
흘러간 강물도 한번 가면 영영 기별이 없다
수수깡처럼 말라가는 라오스의 12월
매콤한 풀 연기는 따끔따끔 콧속을 쑤시며
대지의 목마름 대신 쾌쾌한 눈물샘을 후빈다
사람들이 떠나고 사람들이 다시 오고

역장도 간판도 없는 12월의 간이역에서
이별은 준비되지 않은 채 기차는 떠났다

우연히 왔다가 홀연히 사라진 12월
매일 아침마다 무더운 코스를 돌며 담배꽁초를 줍고
막혔던 잡목들을 수없이 쳐내어 산바람을 불러들이고
구멍 난 홀도 메꾸어 사뿐히 꿈을 집어넣고
볼 때마다 라오스 모두의 감탄을 자아내었다
그늘아래 구름도 잠시 멈추어 낮달을 바라보고
평화가 너울너울 춤추어 한나절 드러눕고 싶던
"마음이 허하지 않아야 청춘"이라며
"육십 나이가 대수냐"며
지긋이 미소를 머금던 U행장님
젊은 어른이 되어 술 사발을 던지듯 권하며
"아직 사랑할 일이 많아서 행복하다"며
가족 품이 최고라며 돌아올 차표도 끊지 않고
12월 간이역을 훌쩍 떠나고 말았다

라오스에도 삼총사가 있다며
삼국지의 삼총사 전설을
다시 쓰겠다고
타들어 가는 야자수 그늘아래에서

비어라오 맥주잔을 부딪치며 도원결의를 맺었다
백색 공으로 라오스 그린을 평정하겠다는
형제의 결의는 주말마다 햇살만큼이나 뜨거웠다
행여 게임에 져서 도시락이 되는 날에는
얼음도 없이 맥주 거품으로 속살을 거덜 냈다

누군가는 쓰러져야 끝나는 결의는 더 단단해졌으나
결과는 꼭 마음 같지 않은 것이 저 작은 공의 신비
어느 날 제비가 사는 강남으로 사내 관우가 떠났다
인사발령을 핑계로 라오스를 뜨자
슬픔 때문인지 우기 때문인지 몇 달간 비가 내렸다
식당 테이블에는 빈 병 몇 개가 늘어 가게주인의 설웃음
그의 떠남의 여운이 채 가시지도 않았는데
사내 유비도 그린을 평정하겠다는 욕망을 남겨둔 채
동해 먼 바닷가로 떠나게 되었다며 머쓱해했다

말수는 적지만 타수는 칼같이 집어내는 그
겨울이 물든 라오스의 그린은 아직 푸름인데
큼지막한 장비만 우두커니 남아
야자수 그늘아래에서 멀쩡한 클럽만 내동댕이친다
비싼 연간 회원권이 쓸모가 없어졌다고 글썽글썽한 눈망울
12월에는 왜 이리 구름처럼 사라지는 인연이 많은가?

아직 최빈국에서 벗어나지 못한 라오스(2024년 졸업예정)에는
식량지원 등 국제기구들도 많이 들어와 있다
코이카며, EDCF 등 한국의 지원기구도 맹활약하고 있다
비엔티안 영문판에 큼지막한 헤드라인을 자주 보게 된다
빼어난 활약으로 다른 나라의 부러움을 살 정도란다
중학교 때부터 국제기구에 일하겠다는 목표를 가지고
외국어는 물론 교양이며 품성까지 정열적인 여성이
이곳 라오스 국제기구에서 크게 활약을 하고 있다

중국어는 물로 영어도 원어민과 혼동될 정도라고
다들 혀를 내두른다
고위직에서 당당히 일하면서도 주말에는

이 뜨거운 열대나라에서 여러 사람들과 교류하며
라오스 대표 한국 소녀 가장으로 버텨내고 있다
책임감이 얼마나 강한지 부쳐진 이름이다
일이 끝나기 전에는 절대 잠들지 않는다는 그녀
향후 세계적 리더가 될 것이 분명한 그녀가
언젠가는 떠나야 할 라오스를 대신할
다음 행선지를 정하기 위해서
낡은 골프의자를 대신할 신제품을 구하기 위해서
12월 라오스 앞마당을 비웠다

며칠 전 시집 한 권이 날아왔다
이곳 생활을 마치고 떠난 공관원이
청춘을 고스란히 담은 낭만소야곡이었다
라오스 사람보다 더 라오스 같은 사람
진즉 라오스 사람은 더 도시 사람 같은데
여기 사는 동포들이나 주재원들은
더위가 힘겨워서 그런지
태초 자연인으로 퇴화되고 있기 때문인지
욕심을 비워가며 배려해주고 채워주고 있다

지난주 있었던 주재원과 현지 아가씨 결혼식에
모든 이들이 열 일을 제치고 흥을 북돋워 주었다

얼마 되지 않는 들러리에 신랑의 기가 꺾일까 봐

가호 한번 잡겠다고 숯불 바비큐까지 들고나서자

햇살도 기세에 눌렸는지 뺨을 감추고 서쪽으로 종종걸음이다

라오스에서 머무는 동안

헌신이라는 것이 이런 것이구나 감탄할 때가 많다

사고가 나거나 곤경에 처하면 공관원들이 먼저 와 있다

어쩔 줄 몰라 쩔쩔매는 상황에서 늘 손길을 먼저 내민다

메콩강변과 마주 앉은 태극기나 기념탑이 훼손되거나 페인트가 벗겨지

기라도 하면 언제 그랬냐는 듯 다음날이면 더 깨끗하게 단장되어 있다

그야말로 쥐도 새도 모르게 말이다

한국을 알리려는 행사뿐만 아니라 국격을 높이려는

부지런한 이들의 발걸음은 24시간제다

대한민국 국민이란 자긍심이 거저 얻어지는 게 아니다

간이역처럼 잠시 머물러 가는 라오스인데도

지극한 정성들이 한 뜸 한 뜸 꿰매지고 있는 것이다

사람 때문에 슬프기도 하지만

사람 때문에 살기도 한다

강변 야시장의 붉은 천막은

밤마다 세워지고 아침이면 사라진다

뜬구름 같은 인연의 간이역, 라오스의 12월
하늘도 세 평, 땅도 세 평(승부역 표지판)
간이역처럼 세평도 안 되는 12월의 인연
세월이 가고 세월이 오듯
사람이 가고 사람이 또 온다
지붕 넘어 낮달이 넘어가듯
기차는 밤새 어디론가 달려간다
라오스에서 인연도 백일몽처럼 꿈속으로 사라진다

─────── 한 뼘 더

    □ 메콩강변 언덕에 먹거리가 많다. 생음악과 함께 젊음이 넘친다.

      21세기이지만 아직 사람 내가 진동하는 낭만거리

    □ 뜨거워서 모두가 운동화에 반바지 차림이다.

    □ 걷기 전에 땀이 나서 세월도 나이도 까먹게 된다.

천천히 때론 굼뜨게 라오스, 길에게 안부를 묻다

길이 끝나는 곳에 새로운 길은 시작되고
길은 또 다른 길로 이어지듯
라오스에서 모든 길은 메콩강으로 통한다
온갖 삶들의 애환이 서려 있는 길
사람만의 것은 아니다
바람이 핥고 지나간 흔적 위에
닭과 소와 사마귀와 그리고 별과 구름까지
이들도 같이 걷고 함께 사는 것이다

바람을 따라간 수많은 발자국들
모든 길은 바람의 통로였고
그래서 길은 처음부터 직선이 아니었다
거센 열대바람에 날리는 먼지가루
지난밤 폭풍우에도
어느 외딴 골목에서 잠시 멈춘 흙무더기들
시멘트로 단단히 포장되었지만
다시 뜨거운 한낮이 되면
더운 먼지 풀풀 날리는 동남아의 한쪽 귀퉁이

넓게 펼쳐진 라오스 수도 비엔티안
오지 않는 손님을 기다리다 기다리다
나무 그늘아래 졸린 눈 감은 뚝뚝이 기사
아직 지하철이나 버스 등
대중교통이 잘 발달하지 않아서
오토바이든 차량이든 개인 교통수단이 없으면
사람조차 만나기 불편한 라오스

지평선과 맞닿아 잡힐 듯 잡힐 듯 떠 있는 구름
길가에 가로수처럼 피어있는 구름꽃송이
언제나 하늘은 최고의 포토존이다
좁은 길에 차와 오토바이와 뚝뚝이가
앞서거니 뒤서거니 오순도순
가끔은 소 떼나 염소 떼도 함께 동행한다
천연덕스럽게 놀아나는 바퀴들의 느긋함
수십 대가 늘어져도 추월차량이 없다
바쁜 날에는 속 터져 죽을 지경
계기판 바늘은 20Km 밑을 달랑달랑

신호등이 없어도 술술 풀리는 사거리
최근 신호등이 늘고 차선도 그어지면서
길이 더디어졌다고 불평하는 이도 있다

어디든 오토바이는 무법자! 여기도 예외는 아니다
특히 "녹색 등이라고 무조건 가서는 안 된다"고
일단 멈추었다가 가라고 라오스 현지인이 신신당부한다
빨간 등은 눈치 봐서 잽싸게 가란다
노란 등은 최대속도로 지나가란다
이곳 라오스에서 녹색 등이 가장 위험하다는 우스갯소리다
어쩌면 삶도 가장 안전하다고 생각할 때
가장 위험하다는 가르침을 주는지도 모르겠다
어쨌든 최고의 신호등은 눈치가 아니겠는가?

밤이 밤 같아 이상한 라오스 수도 비엔티안

초저녁 하늘에 떠오르는 별과 그리고 달

창가엔 사시사철 새들의 노래와 풀벌레의 울음소리

마치 깊은 산골짜기에 천렵 온 것처럼

자연과 잠들고 다시 깨어나고

21세기 도심이라고 하기에는 엉뚱한 풍경

가로등이 있어도 어둑어둑하여

두 눈 부릅떠도 보이지 않는 물체들

불쑥 트럭이나 오토바이가 나타나

심장이 덜커덩덜커덩, 간이 콩알만 해지기도

길 가운데 넋 놓고 있는 견공들

인기척에도 안방주인처럼 모른 체

한참을 가다 보면

이 길이 맞는지 모를 때가 있다

차선도 있는 둥 마는 둥

마주 오는 차가 있으면 어림잡아 비껴가야 한다

웬만하면 좌회전은 머리만 들이밀면 된다

1차선을 4차선처럼

4차선을 1차선처럼

길은 좁아도 선택적 활용도가 얼마나 높은지

차선은 있더라도 안전선이 아닌 참고선일 뿐이다

간혹 길가에 교통경찰이 서 있으면 가슴이 철렁

지은 죄도 없는데 왜 이리 떨리는지

이것은 만국 공통사항인가 보다

차선위반이나 신호위반이나 속도위반보다는

도로세를 내지 않았거나 서류불비의 경우 현장 부과금

아무리 라오스 말을 잘해도

교통경찰에게는 절대 라오스 말을 해서는 안 된다고

오랜 라오스 친구가 귀띔해준다

외국인이라 잘 몰라서 그럴 수 있다는

관용을 바란다면 꿀 먹은 벙어리가 최고라며

어설피 아는 체하지 말란다

길을 길로 연결되고

모든 길은 메콩강으로 통하는 라오스

천천히 때론 여유롭지만

그렇다고 안전을 담보하는 것은 아니다

위험은 어디나 도사리고 있다

전봇대를 받거나 길가로 굴러떨어져

참혹한 사고현장도 빈번하다

내 길만 간다고 아무 문제가 없는 게 아니지 않는가?

나만 똑바르다고 세상이 바른 게 아니듯이

이곳 라오스에서 집 앞을 나설 때마다

늘 기도문을 가슴에 지니고 다닌다
오늘도 안전하게
이 하루의 생명도
오로지 내 손안에만 있는 것이 아님을…
그래서
길에게 안부를 묻고 있는 것이다

───────── 한 뼘 더

　▢ 라오스는 우측통행이다(태국은 좌측통행). 차선이 없는 경우
　　눈치로 가야 한다. 직진과 좌회전은 동시신호. 자전거, 오토바
　　이, 보행자, 개, 소, 염소, 싱크홀, 트럭, 모든 것이 위험물이다.

　▢ 밤엔 조명도 없이 달리는 오토바이와 대형트레일러가 있다. 과
　　속하다가 사고 나기 십상이다.

　▢ 외국인의 경우 조심해야 한다. 법인 번호판인 하얀 번호판은 경
　　찰에게 집중 표적물이다.

삐 마이, 눈시울 젖은 라오스의 새해맞이

새해 연휴 첫날 아침이다.
4월 중순인데 새해라 해서 처음엔 얼떨떨했다.
그런데 알고 보니 태양이 양자리로 이동하는 시기
이때가 새해의 시작이란다.
인도의 불교 문화권의 영향을 받은
이웃 국가인 태국과 미얀마도 비슷하다.

일주일 이상 지속되는 신년 축제
각 기관이나 집집마다 파티를 준비하고 손님을 받는다.

음식을 준비하고, 음악과 춤이 빠지지 않고,

술과 덕담이 그리고 사람이 넘쳐난다.

악귀를 씻어주려고 물세례는 최고의 퍼포먼스

손목에 실을 감아주고 복을 담은 꽃물을 부어주기도 한다.

하지만 코로나가 덮은 2020년 새해는 퍽도 고요하다.

붉은 옷을 입은 스님들의 탁발행렬만 새벽길을 닦고 있다.

라오스 민속 최대의 명절인 삐마이를 맞아

모두들 고향을 찾아 떠났다.

예전에 우리도 고향을 떠난 누이나 형들이

하루가 걸려도 온종일 버스를 타고 뿌연 신작로를 달려갔듯이

새해 명절을 맞아 라오스 젊은이들도 고향에 간다.

올해는 예전보다 서둘러 떠났다.

빡세(남부)나 후아판(북부)이 고향인 사람들은 더 일찍 떠났다.

죽고 싶지 않으면 빨리 돌아오라는 부모들의 성화에

울며불며 애원하며 3월부터 떠났다.

월급을 못 받아도 상관없다는 말에

서둘러 가게주인들은 돈을 빌려 챙겨주기도 하였다.

하지만 지금은 가고 싶어도 가지 못한다.

버스가 전면 끊겼다.

오토바이나 승용차를 타고 간다 해도 모든 길을 막았다.

1년 내내 잔뜩 부풀었던 보고픔의 잔해들이

고향이 그립다는 말들이 붉은 눈시울이 되었다.

명절이라서 음식점도 닫고 어디 갈 곳이 없다.

가게를 열고 싶어도 일할 사람도 없단다.

멀쩡히 일하던 종업원도 코로나가 두렵다고 일을 그만두었다.

모두들 집에 갇혀 잠만 자는지

옆집도 그 옆집도 비어 사람 소리가 드물다.

새해 명절 첫날부터 빈 거리에 빈 바람만 분다.

길모퉁이엔 4월의 '쿤꽃'이 노랗게 흩날린다.

시주에 쓰려는지 대나무 장대로 꽃을 따는 사람도 있다.

한낮의 거리에는 사람 대신 소들이 횡보하고 있다.

안전하게 건너갈 때까지 차도 서고 바람도 잠시 섰다.
하늘 시간도 잠시 멈칫거린다.

<hr>
한 뼘 더

- ☐ 라오스 사람들은 파티를 좋아한다. 술과 음악이 늘 함께한다.
- ☐ 밤새워 마시고 논다. 시끄럽다고 옆집에서 신고하는 경우도 별로 없다. 신고해봤자 경찰도 오지 않는다고.
- ☐ 라오스 신년에는 악운을 쫓고 복을 부른다고 실을 손목에 감아준다.
- ☐ 물세례는 백미다. 아무에게나 뿌린다. 비옷도 필요 없다. 금방마른다.

다른 듯 닮은 듯, 친근한 라오스의 일상 문화

닭 모가지를 비틀어도 새벽은 온다 했다.

수도 비엔티안은 닭소리에 잠을 깬다.

소와 염소가 함께 놀고 있는 길모퉁이에서

이곳 인사말은 참 친근하다.

어느 때나 주고받는 안녕하세요(ສະບາຍດີ/싸바이디)는

밤새 안녕했냐고 묻던 우리의 인사말과 사뭇 비슷하다.

조금 친한 친구나 가족 또는 지인에게는

밥 먹었는지(ກິນແລ້ວບໍ່/끼래오버)가 주된 인사다.

알고 지내는 라오스사람들이

나에게도 늘 밥 먹었냐고 인사를 한다.

가난하여 끼니도 거를 수 있으니

밥을 먹었는지가 중요한 물음인가 보다.

예전에 아침마다 묻던 우리의 인사말을

21세기 라오스에서 자주 듣게 된다.

가난이 걷히고 나면

이들의 인사말도 바뀔까?

라오스 식단에 오르는 음식은 쌀과 채소가 주류다.

상추며 파프리카며 버섯이며 야채가 풍성하다.

메콩강 언저리나 들녘에서

나뭇잎이나 풀잎을 채취하는 풍경도 자주 보게 된다.

찹쌀과 멥쌀, 흑미까지 이들의 주식도 쌀밥이다.

갖은 양념을 숙성시킨 젓갈들도 많다.

어찌나 짜고 매운 것을 좋아하는지

고추 한 조각에도 입안이 얼얼하다.

너무 자극적이어서 복통으로

며칠 앓아눕는 경우도 있다.

그러나 또 반복이다.

맛에 길들어져 헤어나지 못한다.

며칠 못 먹으면 뜨거운 햇살만큼이나 안달이 난다.

술 인심 또한 정말 후하다.

나무그늘 아래 앉아 이웃과 음식을 나누어 먹고

해 질 녘 가족끼리 빙 둘러앉아 저녁을 먹는다.

지나가는 낯모르는 사람에게도

맥주 한잔을 선뜻 권하는 이들의 인심

막걸리 한잔 권하던 우리의 옛 모습 같다.

저녁거리가 풍성하지 않아도

함께 먹자며 자리를 내주는 인심들

마치 그 시절로 돌아간 것 같은 라오스

굶어도 새벽마다 집 앞에 무릎 꿇고 시주를 하며

가족의 복을 비는 이들의 믿음

정화수 한 사발 장독대에 떠 놓고 빌던 할머니 같은

그 얼굴은 흡사 천사다.

이들의 가족애도 끔찍하다.

어미의 자식 사랑은 어디에다 견주어 보겠는가?

또한 형제간의 우애도 참 그지없이 맑다.

산업화시대 우리 누이들이 도시에 나가

월급을 봉투째로 고향 부모님에게 부치듯이

이곳 비엔티안에서 일하는 젊은이들도

얼마 되지 않는 월급(대부분 20만원 안팎)을

약값이든 동생들 학비든 몽땅 보낸다.

40도의 무더위 속에 비지땀을 흘려 번 돈을

오늘 저녁 끼니가 없는데도 상관없다.

허기를 물로 채운들 마다하겠는가?

우리도 언제가 저런 푸른 시절이 있었지

오후 다섯 시만 되면 메콩강변에 사람들로 붐빈다.

저녁 6시부터 다음날 새벽 6시까지 차로를 막고

롤러스케이트를 즐기는 파란 모자들

죽어라 뛰는 땀에 젖은 수건들

자전거에 흠뻑 빠진 바퀴살들

하나 둘 셋 구령에 숨찬 에어로빅

한강변을 즐기듯 이곳 도시민들도 그렇다.

시내 중심가에서 조금만 벗어나면

바로 염소 떼나 소 떼를 만나게 된다.

그리고 논에서 나란히 서서

긴 밀짚모자를 눌러쓰고

허리를 굽혔다가 섰다가 모를 심는 농부들

새때가 되면 나무 그늘에 모여앉아

유월 하지 감자를 베어 물 듯

주먹밥으로 배를 채우는 낯익은 풍경들

한가로이 풀 뜯는 소리에

구름 떼는 말없이 서쪽으로 서쪽으로

운동 후 뒤풀이가 걸판지다.

운동은 한 시간이고, 뒤풀이는 세 시간도 짧다.

조기 축구나 배드민턴 후 간혹 술 마신 기억이 있는데
이곳은 스포츠센터마다 가라오케(라오스식 노래방기기)와 술과 안주
가 잘 갖추어져 있다.
저녁 운동 후 술과 가무는 정해진 코스
얼음 타서 마시는 맥주, 마시는 대로 또 따라준다.
소주를 타서 폭탄주를 마시기도 한다.
밤이 어디쯤인 줄 모르고 마시고 또 마신다.
가라오케에서 나오는 라오스의 옛 노래들
술 취한 이들도 떼창은 기본이다.
떠나온 남쪽 고향을 노래하고, 첫사랑을 그리워하고
별과 달을 보며 눈물짓는 이들의 노랫가락이
한국의 옛 애수를 되돌린 것만 같다.
K-pop을 따라 부르며
모바일을 통해 음식을 주문하며
이들의 삶도 하루가 다르게 변하고 있지만

동남아 하고도 원시림 같은 이곳
한국 김치와 라면을, 소주를 무척이나 좋아한다.
아시아라는 공감대 때문일까?
삼(3)과 십(10)도 같이 쓴다.
다른 듯하면서도 닮은 게 참 많다.
옛 고향 마을에 온 느낌이 들 때가 있다.

복숭아 꽃 살구 꽃 피던 신작로에서
돌팔매질하던 그 시절 같아
메콩강변에 서서 한참 뒤돌아볼 때가 있다.
하지만 같은 것 같으면서도
다른 것도 정말 많다.
사람 속이 그렇다.

──────── 한 뼘 더

☐ 라오스 비엔티안에도 다양한 한국 음식점이 있다.

☐ 아구탕은 훈스, 장어는 한상차림, 돼지갈비는 고기, 오리백숙은
아리랑, 죽은 본죽, 삼겹살은 하우, 수제비는 밥전, 이것저것 한
쿡, 자장면은 신짬뽕 등….

☐ 라오스 현지인들도 많이 찾는다. 소주 한 병은 기본이다.

메콩강변 기슭에 부는 한류(韓流)

새벽 닭 울음과 여린 어둠 사이로

붉은 승복 입은 스님들의 탁발 행렬은 시작된다

빨간색 지붕이 유난히 많은 라오스

아침 연기 풀풀 나는 비엔티안의 거리

갓길마다 이동상점들이 줄을 섰다

아침거리를 마련하는 사람들

숯불에 바싹 구운 꼬치구이부터

파란 댓잎파리에 감긴 찰밥까지

한쪽 차선을 막아놓고도 아랑곳없이

먹기 위해 사는
먹는 게 행복한 나라 라오스

이들의 식단에도
언젠가부터 한국 음식은 특별한 존재
일반인들이 즐길 수 없는
값비싼 음식의 하나가 되었다
김치! 김치! 김치!
라오스 직원들과 한국식당에 가는 날
이들은 김치에 목을 멘다
밥 먹으로 가는 것인지, 김치 먹으로 가는 것인지
몇 번 더 주문하니 주인 눈치가 보인다
라오스김치(파파야셀러드)도 있다고 했는데
왜 이리 한국 김치에 사족을 못 쓰는지
어느 식당의 김치가 제일 맛있는지 물으면 답변이 궁하다
손맛에 따라 다르고 종류도 여간 많지 않은가?

한국 바비큐는 없어서 못 먹는다
숯불에 구운 돼지갈비뿐만 아니라
삼겹살도 이들의 구미에 딱이다
한국식당에 가보면
라오스인들로 가득 차 빈 자리가 없다

만만치 않은 가격인데도

가족 단위로 식사를 즐기고 있다

일 년에 한두 차례라도 가족 모임을

한국식당에서 해보고 싶다는 신년계획도

심심치 않게 들어본다

간혹 돼지껍데기를 시키는 라오스 아가씨들도 있다

한국 드라마에서 보았다며

소주와 함께 철판에 구워 꿀꺽

연탄불에 구워 먹던 시절이 침샘을 자극한다

콜라겐이 많아서 피부미인이 된다고

한술 거든다

즐겨보는 한국 드라마가 무엇인지 물어볼 때면
괜히 머쓱해진다
최근의 드라마 타이틀을 줄줄이 읊으며
출연진들의 신상뿐만 아니라
첫 편부터 모든 대사를 꿰고 있다
주말 내내 일주일분 몰아보기는 기본이라며
열대지방에서 이보다 큰 즐거움이 어디 있냐고?
언어도 비슷한 이웃 태국드라마하고
어떤 차이가 있는지 물어보니
슬프면 슬픈 대로 기쁘면 기쁜 대로
한국 배우의 연기력이 뛰어나 진짜 같단다
그냥 푹 빠지고 만단다
또한 뻔한 스토리가 아니어서
후편에 대한 기대와 흥분이 쉬이 가라앉지 않는다고

한국 라면도 인기상품이다
매운닭볶음면을 점심으로 먹기도 한다
다른 나라 제품보다 훨씬 비싼데도 굳이 한국산을 찾는다
혀끝까지 매워 눈물 찔끔 흘리면서도
맛있다며 열광하는 이유는 무엇인가?
꼬불꼬불한 면발 위에 김치 한 조각 걸쳐놓고
한입에 삼키면서 엄지 척!

이것은 또 어디에서 배웠을까?
요즘 이곳에서도 맥줏값보다 비싼
소주를 섞어 소맥을 즐겨 마신다
요즘 대세가 과일 향이 나는 순한 소주라며
얼음과 맥주와 소주를 섞어 원 샷!
한인 마켓 말고도 현지인 마켓에도, 태국 마켓에도
한국 제품들이 가지런히 진열되어 있는 풍경이다

노을이 아름다운 메콩강변
석양빛에 너울대는 에어로빅
경쾌한 리듬에 맞추어
별의 조명도 무지개 빛깔이다
남녀노소 간혹 외국인까지

어둠이 짙어질수록 격렬해지는 율동
처음엔 팝송인가 했다
다시 태국음악인가 싶었는데
리드미컬한 K-Pop이 춤사위에 신났다

얼마 전 공관 주최로 K-Pop 콘테스트가 열렸다
한국행 티켓을 받고 득의양양
꿈을 향한 이들의 미소가 일간지 표지를 채웠다
지난해에는 한라 수교 25주년을 맞아
음식과 문화 등 한류체험전이 성황리에 열리기도 하였다
매년마다 교육사업 등 봉사활동을 벌이는 한국 기업들과 민간교류
선봉에 선 한인사회의 각별한 수고들
이러한 한류의 풀뿌리 덕분에 지금 K는 자체 변이 중이다
K-Pop, K-Drama를 넘어 K-Food, K-Bio로

하지만 최근 중국의 기세가 심상치 않다
하루가 멀다고 비엔티안에 들어서는 중국아파트, 중국 백화점과 호텔, 대형 마켓 등 길거리에 점점 불어나는 중국 인파,
개통을 앞둔 중국 고속철도와 이후 고속도로까지
코로나 백신을 무기로 더욱 치밀해진 중국의 영향력
중국어를 배우고 중국노래를 따라 부르는 라오스인들이 부쩍 늘었다
라오스는 또 하나의 중국이 될 것 같은

한류는 단지 문화만이 아니다
경제와 정치까지
더구나 한국인의 자긍심이다
메콩강변에 부는 저 강풍에
전봇대도 뽑힐 것 같은 저 열대풍에
과연 한류는 어떻게 살아남을 것인가?
한류의 깃발이 메콩강 넘어 별의 기슭까지
오래도록 펄럭이기를…

─────── 한 뼘 더

  ◻ 라오스에서 신랑감으로 외국인 중 한국 사람이 일등이고, 한국
     여성이 최고의 미인이라는 말을 자주 듣는다.

  ◻ 한국 여성이 지나가면 "이뻐요" 구김살 없이 수작을 거는 지긋
     한 서양인들을 가끔 본다.

라오스에서, 만원의 행복!

만원의 행복이란 말이 있다.

김치찌개에 막걸리 한잔의 소소함이라고 할까?

치킨에 맥주 한잔의 여유로움이라고 할까?

한국 돈 만원이면(2020년 기준, 만원은 라오스 돈 7만킵 정도)

라오스에서는 어떤 즐거움을 찾을 수 있을까?

7kg 정도의 쌀을 살 수 있다.

경기미 20kg 한 포대가 5만원 정도 하니,

여기 쌀 가격이 한국의 절반 정도다.

하지만 한국에서도 20Kg이 2만 원 정도에 거래되기도 하여,

라오스 쌀 가격이 절대적으로 싸다고는 할 수 없다.

더구나 낮은 인건비(월평균 20만원)를 감안한다면

오히려 상대적으로 비싼 것은 아닐지

그래도 쌀은 평균적으로 싼 편이다.

점심때 현지 라오스 식당에서,

만원이면 라오스쌀국수(까오삐악) 4인분 주문 가능

밥과 돼지고기가 나오는 현지 음식값도 비슷하다.

절대적으로 싸다.

하지만 한국식당에서는 1인분이 대부분 7천원 정도
짬뽕값도 7천원 정도, 한국보다 싸지가 않다.
낮은 임대료와 낮은 임금을 생각할 때
라오스에서 한국 음식 사업은 괜찮아 보인다.
맛깔난 메뉴와 현지 고객 확보만 된다면….

태국 프랜차이즈인 아마존 카페에서
아이스 아메리카노 한 잔이 2천원 정도
아직 스타벅스는 들어오지 않았다
한국보다 커피 한 잔 값은 싼 편이지만
라오스도 커피 산지다.
커피 애호가에게는 어떤 평가를 받을지?

주유소에 들러 경우를 주유했다.

정유시설이 없어 태국 등 이웃 나라에서 전량 수입이다.

만원이면 경유 10리터 정도 주유한다

(2020년 기준, 2022년에는 기름값 폭등으로 6리터 정도 주유 가능)

한국보다 기름값이 10% 정도 싸지만

사시사철 밤낮으로 에어컨을 틀고 다녀야 한다.

싼 게 싼 게 아니다.

아직도 이곳에는 이발소가 많다.

유리 창문도 없는 이발소에서 조발은 5천원 정도이고,

미장원에서는 보통 8천원~2만원 정도

미용사의 숙련도에 따라 가격이 다르다.

10년 된 라오스 아가씨가 머리를 자르면 7천원,
한국 원장이 자르면 2만원. 가격차별화가 만만치 않다.
머리를 감겨줄 때 머리 마사지가 그나마 위안이다.

저녁에 선술집에 들러 4~5병의 병맥주를 마실 수 있다.
한국에서 가격 차가 천차만별이듯 여기도 그렇다.
이곳 슈퍼에서 만원이면 7병을 살 수 있다.
한국보다는 싸다.
맛도 그만이다.
얼음을 듬뿍 타 마시면, 맛도 좋고 양도 늘어난다.
라오스 사람들은 맥주를 참 좋아한다.
밤새도록 얼음 탄 맥주를 마신다.

이것저것 따져보니 세계 어디서나 통하는 업종이 물장사다.
싼 인건비와 싼 임대료를 감안한다면
메콩강변에 파전에 술장사가 가장 근사할 것 같다.
메콩강 석양에 젖은 얼굴들과
하루를 마감하면서 얼큰하게 한잔은 덤이다

그 골목에 서성이던 견공이여!

너희 때문에 어쩔 수 없이
발걸음을 멈추었다
어느 골목이든 지키고 서서
멍하니 쳐다보기도 하고
어떨 때는 보는 체도 하지 않지만
네가 버티고 있으면
발걸음을 돌릴 수밖에 없었다

언제 덤벼들지 모르는 성질머리

몽둥이라도 하나 들고 걷노라면
혼자 있어도 힘이 되는데
몽둥이를 본 너희들은
미칠 듯이 짖어대고
보이지 않던 개까지 덩달아
온 동네가 떠나갈 듯 몰아친다

라오스에 머문 3년 동안
마음 편하게 걸을 수 없었다
단비라도 내리는 날엔
우산 쓰고 골목길을 나서보지만
어디서나 웅크리고 있는 너희들
그늘을 찾아 담장에 붙었다가
미친 듯 달려들어 심장이 뚝 떨어지고
결국은 메콩강변의 떠돌이가 되었다

다 태워버릴 듯한 햇살을 머리에 이고
어쩔 수 없이 강변길을 걷는 날에도
목줄 없이 자유로운 영혼들
검은색 흰색의 털옷을 누벼 입고
긴 혓바닥을 늘어뜨린 채
강변길 어느 골목에 죽치고 있으면

저 멀리서 가던 길을 돌렸다

루앙프라방의 사원 길에도
빡세의 폭포수 길에도
사바나켙의 신도심 길에서도
새벽길을 나섰지만 멀리 가지 못했다
그 낯설고 생경한 풍경들을
느리게 담아놓고 싶었지만
길목마다 죽치고 있는 너희들
적색 승복을 입어야 하는 건지
탁발하는 시중에게는
개소리 한마디 못하면서
애꿎은 이방인에게만 얄궂게 다가와
뒷덜미에 대고 쿵쿵거릴 때는 머리가 쭈뼛 섰다

초저녁 길을 무심코 걷다 보면
골목 어귀나 담벼락에 웅크리고 있다가
불꽃 튀듯 덤벼드는 너희들
한 마리가 짖어대기 시작하면
뭣도 모르는 개떼들이 덩달아 짖는다
언제쯤이나 별을 헤며 다닐 수 있을까
길 한가운데 서서 차량마저 막고

뚫어지게 바라보던 견공이여!
나보다 라오스 말을 더 잘 알아들어
건널목에서 죽치고 있던 견공이여!

그래도 40도 백주대낮을 지키는 것은
오직 너희뿐이었다
외로움에 강했던 너희들
메콩강의 철학을 가르치던 너희들
수제자가 되지 못해 미안하다
내 언제쯤 다시 가서
읽지 못한 주문을 다시 쓰리라
그땐 웃어줄 수 있겠지?

─────── 한 뼘 더

    ㅁ 목줄도 없이 다니는 큰 개들이 어디든 많다. 혼자 다니기는 위
       험하다. 3~4명이 함께 다니면 그래도 낫다.

    ㅁ 특히 광견병 등 예방접종이 이루어지지 않아 개조심 해야 한다.

    ㅁ 개가 다니는 문을 개문이라 않고 개구멍이라 한다. 우리도 개구
       멍을 더 좋아할 때가 있다.

저문 메콩강

메콩강변에 노을이 아름다운 것은
저문 해 때문만은 아니다
하루를 마감하듯 강물 위에 누운
저 뱃사공의 노랫소리 때문만도 아니다
아무런 까닭도 모른 채

하루도 거르지 않고 강변 너머로 지는 해

구름을 풀어 멱을 감고
하늘을 불사르는 저녁노을
강물엔 쓰러진 잿더미 구름
물고기는 입을 벌려
노을 한 조각 물어 베었지만

하루도 거르지 않고 강변 너머로 지는 해

늙수그레한 저녁나절에
구름과 바람과 강물과 들풀과 섞여
아름다운 것은 배경 때문이라며
폼 잡으려는 것도 아닌데
더욱 시뻘겋게

하루도 거르지 않고 강변 너머로 지는 해

메콩강변에 노을이 아름다운 것은
노을 때문만은 아니라고
오늘도 거르지 않고 강변 너머로 지는 해

꽃의 추락

아름다운 것도 추락하는 것을 보고 싶다면
메콩강 새벽 비를 맞아보아라

새벽 비에 겨우 몸을 가누어
꽃 주단의 이별을 바닥에 깔고
두 손 모은 저 간절한 꽃의 허튼 다짐

하염없이 떨어지는 빗방울의 아우성
가슴의 구멍을 뚫어 받아낸
흙탕물이 되어버린 강물의 속사정

깡마른 어미 소가 빗물에 젖어
새끼 소의 등을 핥아낼 때
눈망울엔 구름비가 고인다

보잘것없던 망고 바구니가 깨끗해졌다
어린 딸을 포개고 앉아
오지 않는 손님에게
섬돌처럼 자장가를 청한다

추락하는 아름다움은
죽어서도 향기가 꽃 같음을 알고 싶다면
비 오는 새벽 메콩강 십리 길을 걸어보아라

열대의 시간

해가 밤길을 더듬는 시간
날것들이 태어난다
대지에서 마침내 생명이 진동한다
불빛보다 더 많은 벌레들이
가로등을 감싸고 축제를 연다
거친 울음소리에 놀란
매미는 울음그물을 치고
산 채로 먹어치운다
순−식−간에
가로등만 남았다
어둠에 맞춰 의식은 끝이 났다
여섯 시와 일곱 시 사이
안락의 전등은 꺼야 한다
수없는 벌레들의 공습이 있는
딱 이 한 시간
태어났다 죽어 즐비한 진혼곡
태어났다 죽는데 충분한 시간
어쩌면 너무 긴지도 모르는
해질녘 열대의 시간

먼 산

아침 한나절 지나면
저 멀리 지평선을 따라
고운 얼굴 닦아내고
뭉게구름 사이로 여민 산
얼마나 가야 될지
온종일 기다려도
며칠이고 묵묵부답일 때도
이름도 모르고 기다리는 산
사납던 열대바람 밀려간 뒤
더 멀리 더 멀리까지도
첩첩이 늘어서서
메콩강 노을 젖는
뱃사공의 하루가
바람처럼 떠내려간다
가까워지면
미워질까 봐
멀리서 아주 멀리서
별만큼 떨어져서
그리움이 되어가는 산

제 2 편

·

코로나 파고 속에서,
그래도 꽃은 핀다

잃어봐야 소중함을 안다

우리가 아무것도 아니라고 생각했던

아니 어떤 특별한 생각도 두지 않았던

친구를 만나고

밥을 먹고 떠들던

아주 평범한 일상들이 얼마나 소중한지

코로나바이러스로 막힌 지금에서야 알게 되었다

돈이 없어서 시간이 없어서 못 했던

기차를 타고

비행기를 타고

국경을 건너 이국적 풍경을 만났던 즐거움들이

이제는 백일몽이 되었다

이곳 라오스에서 코로나바이러스 확진이 발생한 날

학교 문도 닫고

정부관청 문도 닫고

국경선도 걸어 잠그고

사람의 걸음걸이까지 족쇄를 채워

집밖을 못 나오게 하는 초강경 조치가 내려졌다

모두들 문고리를 걸어 잠그고
밥만 먹고 숨만 쉬라고
의료체계가 열악해서 그런지
그게 유일한 살길이라고
꽃피는 4월을 잔인하게 만든다

만원이면 여독이 풀리던 마사지샵도
만원이면 풍족했던 한 끼의 식사도
만원이면 노곤했던 골프연습장도
사람이 사람을 만나는 곳마다 인적이 끊겼다
언제 끝날지 모르는 두려움 속에
재정이 넉넉지 못한 이 나라에서
정부보조금 같은 것은 꿈도 못 꾼다
혼자 벌어 부모 형제 누이까지
여러 가족을 부양해야 하는
수많은 젊은이들이 직장을 떠나
이제는 하루 세끼 밥을 걱정해야 하고
생명을 지탱할 방법을 찾아야 한다

유난히 파티를 좋아하는 사람들
4월 11일부터 일주일간 새해(삐마이) 연휴로
2020년의 들떴던 기분들이

이미 베트남에서 내렸던 셧다운보다 강한 정부조치가
오늘부터 전격적으로 실시된다는 소문에
순식간 공포로 바뀌었다
검은 연기를 내뿜던 오토바이도
덜컹거리던 뚝뚝이도
한적해진 길가에서 바이러스 공포에 떨고 있다
언제쯤 이 두려움이 사라질까?
사람이 사람에게 안부를 묻고
사람이 사람을 반겨 맞는
바이러스로부터의 해방의 날이 언제 올지
섭씨 40도의 저 땡볕은 알까?

보이지 않는 0의 공포

낮 최고 기온 섭씨 40도를 웃돈다.
이 정도면 바이러스가 기생하기 힘든 날씨인데도
보이지 않는 두려움이 급습하고 있다.
이미 여름으로 접어들어 35도가 웃도는
동남아 주변 국가에서도 코로나 발병소식이 전해지고 있는데
이웃 나라 미얀마와 이곳 라오스만이 발병률 0으로
코로나 없는 청정국가로 발표되고 있다.

그럼에도 예방 일환으로 이번 주부터 각 학교들이
일제히 한 달간 조기 방학에 들어갔다.
공공시설 곳곳마다 마스크를 쓴 사람이 늘어나고 있다.
옆집 태국식당도 어제부터 간판도 내리고 문을 닫았다.
매일 발병률 0를 발표하는 신문에는 온통 각국의
코로나 발병현황으로 채워지고 있다.
한국의 아이돌과 봉사활동 기사가 있던 곳에
한국의 코로나 집단 발생 현황으로 덮여있다.
오늘 신문에는 코로나 대응 일환으로 식량 조달 현장 지도에 나선 정
부 고위관료들의 동향과 외국의 의료지원 기사가 첫 장을 장식하고
있다.

하지만 불안하기는 마찬가지
중국접경 지역에 위치한 북부 지역에서는 아무 이유 없이 쓰러지는
사람이 있다는 괴소문이 돌고 있다.
몇 주 전 중국 녹차를 구하려고 했는데 중국마켓이 닫혀 결국 있는
커피만 마시고 있는 지경이다.

바다가 없어 land-locked 국가의 운명을 벗어나려 중국에서 대규모
차관까지 빌려와 철도와 고속도로를 건설하며 land-linked 국가의
꿈을 이루려고 절치부심했던 라오스가 곤경에 처하게 되었다.

코로나 진단 키트나 치료약이나 전문 의사나 현대식 병실이 부족한
라오스가 이 난관을 어떻게 극복할지
어쩌면 아는 게 병이고 모르는 게 약일 수도 있다.
하지만 이곳도 4차 산업 문명이 들이닥친 21세기 현장
일당 정치체제이지만 정보의 일방성이 없어지고
가짜와 진짜 분간이 어려워
겁먹은 어린아이 얼굴처럼
보이지 않는 두려움만 잔뜩 드리우고 있다.

———————— 한 뼘 더

　¤ 라오스인들은 전화기를 보통 두 대 쓴다. 전화번호도 자주 바뀐
　　다. 주로 Facebook, Whatapp, Line 등으로 통화와 문자를 한다.
　¤ 유선전화기는 별로 없고 스마트폰이 보편화 되어있다.
　¤ 현지에서 구입한 전화기는 라오스 국가번호(856)와 함께 개인
　　전화번호를 입력하면 카톡 이용이 가능하다.

물거품이 된, 청정국의 꿈

결국 터지고 만 것인가?

2021년 4월 초까지만 해도 모두 마스크를 쓰지 않았다.

이웃 태국과 캄보디아에서 감염자 수가 급증하여

몸살을 앓고 있는데도

메콩강 건너 이곳의 밤공기는 평온하기만 하였다.

지난해 4월에 전격적으로 내려진 Lock Down에 이어

모든 국경을 걸어 잠그고 출입을 통제하여

경제사정이 악화되어 힘들기는 했어도

지금까지 동남아시아에서 아니 세계에서

코로나 청정지역으로 불리며

모범국가라는 부러움과 시샘의 대상이 되기도 했는데

자신감이 지나친 것이었을까?

백일몽이었나?

이웃 국가들과 육로나 강으로 연결되어

수천 Km나 되는 국경선을 철옹성처럼

막기는 불가능하다.

불법 밀입국이 생길 수밖에 없는 방대한 국경선

라오스의 최대명절 삐마이 연휴(21.4.14.~16.)를 앞두고 터질 것이 터졌다. 변이바이러스로 극심한 고통을 겪고 있는 태국에서 정상적인 입국관문이 막히자 삐마이 연휴를 즐기고자 밀입국으로 슈퍼바이러스의 매개체가 되고 말았다.

새해 연휴 직전, 4월 초에 발견된 불법 입국자 발 바이러스에 라오스 정부당국은 바짝 긴장하였다.
1년 만에 수도 비엔티안에 Lock Down이 실시된다는 소문이 연휴 직전일 퇴근 무렵 삽시간에 돌았다.
미리 짜 놓은 가족 여행을 취소하기도 하고
이미 떠난 사람들은 들어오지 못할까 봐 북새통을 이루었다.
오랜만에 지방을 가려던 주재원들도 모든 걸 취소했다.
불법입국자가 호텔, 마사지, 레스토랑, 나이트클럽 등

비엔티안 시내를 사방팔방 활보하고 다녔다.
모두들 비엔티안이 Lock Down 되는 줄 알았다.
하지만 경제상황 때문이지 정부는 미적거렸고 녹다운은 되지 않았다.

결국은 새해 연휴가 도화선이 되고 말았다.
휴가까지 포함하여 길게는 9일 동안이나 전국으로 흩어져
고향의 부모 친척을 만나고, 친구들과 회포를 풀었다.
비엔티안 곳곳에서도 음악과 파티가 끊이지 않았다.
귀청을 찌르는 스피커의 진동과 밤늦도록 부딪히는 술잔
하룻밤에도 끝나지 않는 이들의 파티 문화
정부의 강력한 자제 조치가 내려졌지만
이미 새해의 들뜬 기분을 가라앉히기에는 역부족이었다.

연휴가 끝나자마자 확진자가 급증했다.
지난 1년 동안 총 코로나 확진자가 50명도 되지 않았는데
하루 발생 건수가 60건을 넘고, 80건을 넘고,
4월 26일 하루에만 113건이 발생했다.
이후 매일 90건 정도 발생하고 있다.
수도 비엔티안에서 주로 발생하던 확진자가
급기야는 남쪽 끝 참파삭이나, 북쪽 끝 퐁사리까지 뻗쳐
라오스 전역을 공포로 몰아넣고 있다.
아직 사망자는 없다지만 확진자가 벌써 600명을 넘어섰다.

학교도 유흥 음식점도 문을 닫았다.

필수 사업장 이외 모두 문을 닫았다.

주민들의 이동도 통제에 들어갔다.

골목마다 바리게이트를 치고 검문을 강화하고 있다.

정부기관도 필수인력 이외 모두 재택근무에 들어갔다.

주차장이고 길거리고

오토바이도 뚝뚝이도 사람마저 사라져 한산하다.

섭씨 37도의 한낮이 썰렁해졌다.

여기는 코로나가 훨씬 가까이에 음습해 있는 느낌

백신접종 과정에서 같은 시간대 접종자 중 확진자가 발생하여 자가
격리에 들어간 직원도 있다.

확진자가 다녀가 식당직원 모두가 검사를 받았다.

주재원들이 자주 이용하던 곳이다.

일부 공무원도 검사를 받고 기다리고 있다.

벌써 나흘째다.

그의 결과에 따라 여러 사람의 운명이 갈릴 수도 있다.

시간의 초조함이란 이런 때라 할 것이다.

바로 내 등짝을 병균이 문지르고 있는 느낌이다.

세계 최빈국 중 하나인 라오스

또 가난이 문제다.

하루 벌어 하루 먹고 사는 사람들이

이 고초의 시간을 어떻게 견디어낼지

다들 백신 접종조차 피하려 하고

나오는 것조차 두려워 문고리마저 걸어 잠갔는데

세끼의 밥상이 가당키나 한 건가?

이곳에서 코로나로 죽은 사람은 없다 하는데

굶어 죽는 사람은 없는 것인지

체제를 떠나 가난은

지옥과 같은 악몽이 아닐까?

이곳은 지방에 가도 14일간 강제격리에 들어갈 정도로

한국보다 훨씬 강력한 조치를 취하고 있다.

백신 접종도 속도를 더하고 있다.

국적을 불문하고 원하는 누구에게나
시노팜과 아스트라제네카를 투여하고 있다.
그러나 바이러스의 생존력과 변신술도 무시할 수가 없다.
이미 런던발, 남아공발, 인도발의 신종이 세계를 뒤덮고 있다.
지금 이곳도 런던발 신종바이러스가 압도하고 있다.

인구 7백만 라오스
의료시설과 제반 환경이 열악하다.
중병에 걸리면 제대로 치료받기가 힘들어
이웃 태국이나 중국으로 건너갔었는데 지금은 불가능하다.
국적을 불문하고 지금 여기 있는 사람은
지금 여기서 살아남아야 하는 게 현실이다.

라오스는 집단면역 시기를 2022년으로 잡고 있다.
2021년은 50%까지 백신접종을 마치고
2022년에나 집단면역을 계획하고 있는 것이다.
북위 17도의 라오스의 4월
바람이 불어도 화상풍처럼 쑤시다.

―――――― 한 뼘 더

▢ 라오스의 노동시장은 엄청 유연하다. 해고도 이직도 잦다.

▢ 노조가 있지만 노동자 권익단체가 아닌 정치단체다.

▢ 월 급여가 평균 200달러 안팎이나, 국제기구나 외국기업의 급여
가 500, 1,000달러 이상이라 고급인력들이 몰려든다.

라오스 경제는 어디로 가나?

코로나 위기는 전면봉쇄로 피할 수 있을지는 모르지만
경제위기는 피할 수 없나 보다.
여행과 수출이 직격탄을 맞으며 수년간 연 6%대를 보이던 라오스의
경제성장률이 금년에는 최악의 경우 1%대에 그칠 전망이다(World
Bank 2020년 5월호).

라오스는 재정적자 누적과 공산품 수입형 산업구조의 열악한 경제구
조를 가지고 있다.
공공부채가 GDP의 70% 선에 이르고, 재정적자규모도
GDP의 8% 선에 육박하여, 다가오는 대외부채를 감당할 수 있을지?
외환보유고는 1개월 교역량에도 미치지 않는다.
매년 적어도 11억 달러에 달하는 원리금 상환을
어떻게 감당할 수 있을까?
이는 라오스 재정수입의 50%가 넘는 금액이다.
더구나 재정수입 중 50% 이상은 공무원 급여로 지출되고 있으며
이도 모자라 제때 지급되지 못하는 경우도 빈번하다고 한다.

그동안 묶였던 봉쇄조치는 5월부터 완화되어
6월에는 모든 학교가 열리고,
스포츠시설과 야간시장이 개장되는 등 제한조치가 대폭 해제되었다.
5월부터는 국내선 항공 운항도 개시하였다.
하지만 국경봉쇄는 여전히 풀릴 기미가 보이지 않는다.
국제선 운행 계획도 아직 발표되지 않았다.
2019년엔 5백만 명 가까운 관광객이 찾아와
9억 달러의 대외수지가 발생했던 여행산업은 붕괴되었다.

2021년 말 개통을 목표로 추진 중인
중국과 고속철도 공사로 빚어진 상당한 대외 채무를
어떻게 감당할지 또 하나의 관심사다.
정상적으로 철도가 운행된다 해도 매년 발생하는
운영비는 또 어떻게 감당해낼지, 운영 초기에 발생하게 될
대규모 운영적자를 어떻게 감내해낼 수 있을지…?
지금도 꿈에 부푼 중국과 철도 연결을 통해
어떤 경제적 파급 효과를 가져다줄지 구체적 셈법이 서지가 않는다.

최근들어 라오스는 정부채권을 1조 7천억 킵(약 2,500억원)
발행을 추진하고 있다.
3년~20년 만기에 년 6.8%~8%의 이자를 지급한다.
지난해 이어 계속해서 정부채권을 발행하고 있다.

부족한 자금을 채권 발행을 통해 만회하려는 것이다.
대부분 발행채권은 국책은행과 상업은행이 떠안는 실정이다.

국민소득이 낮고 작은 나라인 라오스의 탈출구는 무엇일까?
당장 직면한 외채상환의 해결책은 무엇일까?
가장 손쉬운 방법은 채권국들의 지불유예 또는 탕감일 수 있고,
그다음은 IMF의 자금지원과 이웃 혈맹국인
중국의 대폭적인 금융지원이 답일 수도 있다.
현재로써는 국제기구나 이웃 나라의 도움 없이,
라오스 자체적인 해결책은 잘 보이지가 않는다.
못 갚겠다고 배 째라고 나설 수도 있지만,
이미 개방 경제로 디폴트가 발생하면

환율과 물가불안이 야기되어 일반 국민의 삶이
더욱 피폐화될 수도 있다.

어느 시대이고 가난이 문제다.
오히려 부자에게는 더 큰 부를 축적할 기회가 되지만,
가난한 자에게는 굶주림의 고삐가 바짝 죄어온다.
절대 빈곤에 벗어나 중진국 진출을 꿈꾸며 흘린 오랜 땀방울들이
코로나로 물거품이 되지는 않을지 걱정이다.
최근 들어 실업률이 증가하고 절대빈곤층이 증가할 우려가 있다는
보도가 연달아 나오고 있다.
사회주의 국가이지만 빈부 격차는 상상 이상이다.

──────── 한 뼘 더

　　¤ 라오스의 GDP는 USD 200억 달러 정도. 제주보다도 작
　　　은 규모

　　¤ 비엔티안 인구 80만, 제2 도시 빡세가 8만, 루앙프라방 6
　　　만… 인구밀도가 낮아 사업하기가 쉽지 않다고….

　　¤ 의사 월급도 200달러 정도라 의사가 인기 직종이 아니다

아! K 브랜드

라오스에 온 지 딱 1년.
이렇게 아쉽고 간절하기는 처음이다.
1월만 해도 이곳 현지 직원들과 한국식당에 가면
오랫동안 잊고 지내왔던 가난의 상징인
돼지껍데기를 라오스 직원들이 주문하고
소주 한잔과 즐겨 먹는 광경을 보고
엄청난 한류의 바람에 어깨가 으쓱했었다.
한국 드라마를 보고 한국노래를 듣고
한국 옷을 입고 한국 음식을 먹고
한국 사람을 좋아하여
꼭 한번은 한국을 가고 싶어 하는 그들의 소망에
내 나라가 얼마나 자랑스러웠는지
내가 콘까오리(한국사람)라는 것 자체가 브랜드였다.

소주 한잔 마시면서 그들이 흥얼대는 가사는
아이돌의 노래 한 토막
이렇게만 쭉 나가면 정말
짐 로저스가 언급한 진짜 위대한 대한민국이 되는 것은 시간문제

한 달여 만에 반전된 현 상황

이것을 어떻게 설명할 것인가?

2월 초만 해도 이곳 라오스를 떠나

안전한 대한민국으로 가고 싶었다.

토요일마다 이곳 선교사들과 하던 배드민턴도

중국인도 무섭고 라오스 사람도 믿을 수 없어

우리만의 단독 실내체육관으로 옮겨서 진행하였다.

식당도 한국식당만 찾아갔다.

그게 가장 안전하고 살 수 있는 길이라 생각했다.

그러나 지금 한국에 있는 친척이고 친구고 동료고 한국에 오지 말라

고 간청이다.

코로나 폭발로 한국이 더 위험하다고….

가끔 보던 이곳 현지인들도 나를 보더니 입을 막고 멀리 달아난다.

연일 터지는 한국의 코로나 감염 숫자

이 무시무시한 숫자에서 두려움도 있지만 희망도 본다.

세계에서 가장 빨리 코로나 터널에서 빠져나오는,

그날이 빨리 오기를

나는 점점 애국자가 되어가고 있는 것인가?

─────── 한 뼘 더

¤ 라오스 사람들은 배드민턴과 축구를 참 좋아한다.

¤ 양철지붕 실내체육관에 들어가면 게임도 하기 전에 땀이 난다. 그냥 자연 사우나다.

¤ 한낮 동안 열을 받아 실내가 외부보다 더 뜨겁다.

¤ 외부온도가 40도이면 실내 체감온도는 50도 이상이다.

¤ 비 오는 날에는 튀밥처럼 시끄러워 콕 소리도 안 들린다.

¤ 에어컨은 당연히 없다. 있다 해도 전기요금 때문에 틀지 못한다.

K-방역, 명품 코리아의 비상

"오늘 정말 기분이 좋아요.
호주에 갇혀 있던 딸아이가 돌아왔어요."
2월에 공부를 끝낸 딸아이가 발이 묶여 지난 6개월 동안 노심초사하
던 라오스 고위관료가 기뻐서 어쩔 줄 몰라 하는 말이다.
이뿐만 아니다. 영국, 프랑스, 미국 등 각국에 꼼짝 못 하고 머물러
있던 많은 라오스 사람들이 최근 가족 품에 돌아왔다.
코로나는 세상 길을 모두 막아놓았고,
우린 생이별을 감내해야 했다.

이웃 태국이고 베트남이고 동남아시아 국가는 국경을 꽁꽁 닫아놓
고, 전쟁을 치르듯 코로나 방역에 사활을 걸고 있다.
지금 이곳 라오스에서 갈 수 있는 나라는 하나도 없다.
딱 한 나라만 예외다. 그게 대한민국이다.
사방이 막혀있는 라오스가 다른 세상과 통하는 유일한 탈출구
동남아 관문인 방콕도 혈연동맹인 하노이도 아닌
대한민국 인천을 통해서만
미국 사람도, 프랑스 사람도, 호주 사람도…
그리고 라오스 사람도 세상과 닿을 수 있다.

파견지 근무를 마치거나 귀국길에 오르는 많은 외국인들이
8월 한국행 비행기를 타려 기다리고 있는 와중에
7월 라오스 입국자 중 코로나 확진자가 나오자
라오스 정부당국은 바싹 움츠러들었고
비행기 운항을 쉽게 허락하지 않았다.
운항일자가 일주일도 남지 않았는데도 확정이 되지 않아
모두들 초조해하고 어떻게 해야 할지 모르는 동안에도
더 가슴 조이며 애간장이 타는 곳이 있었다.

주라오스한국대사관 공관원들이다.
라오스코로나긴급위원회에 수십 차례 전화를 걸었고 설득을 시도했
으나, 답이 없었다.
한밤중에도 직접 찾아가 한국의 방역 수준을 설명하고 요구하는 입

증 자료를 밤새 만들어 제시하기도 했다.
또 친분까지 내세워 항공운항이 왜 필요한지를 그게 얼마나 중요한
가를 집요하게 공을 들였다.
출국 3일을 앞두고 겨우 운항 허가가 떨어졌다.

오늘은 비행기 운항의 날
피곤에 지쳐 쉬어야 할 주말인데도,
비행기 운항이 주로 주말이라 모두 공항에 나가야 한다.
출국자를 일일이 체크하고, 코로나 상황을 면밀히 점검하고
비상상황에 마음 놓을 곳이 없다.
아침에 도착해서 벌써 저녁 시간이 다 되었다.
먹을 것도 마땅히 없지만 허기를 느낄 시간도 없다.
활주로보다 긴 거리를 온종일 뛰어다니다 보니 종아리에서 쥐가 난다.

아이러니하지만 코로나 위기 속에 대한민국의 국격이 높아졌음을 실
감한다. K-방역이라는 대한민국의 브랜드 가치가 K-Pop만큼이나
먼 이국 생활에서 큰 위안거리가 되고 있다.
현지 주재원들과 소주 한잔이라도 들어가면
자연스럽게 당당하게 내뱉던 말… 위대한 대한민국!!!
라오스 하늘에 뜬 비행기를 보면 국적기처럼 생각이 들 정도다.
이 모든 기적에 얼마나 많은 사람들의 공이 들었던가?
우리는 그냥 비행기를 타고 또 늦어진다고 불평도 하지만

전세기 한 대가 그냥 뜨는 일이 어디 있겠는가?
그 뒤에 쏟아낸 피와 땀이 저 날개의 울부짖음인 것을

다음 달이면 추석이다.
고국이 그리워 비행기가 뜨나 또 귀가 기울어진다.
국내 상황이 여의치 않아 어찌 될지 몰라 또 마음 졸이고 있다.
대한민국의 이름이 다시 한 번 기적이 되게 하기를….
명품 대한민국이 다시 한 번 웅비하기를….

길고도 먼 라오스 입성 길

그것은 험로였다.

코로나의 굽은 협곡처럼 거친 장막이었다.

지구상에 남은 유일한 희망봉처럼

청정지역으로 칭하던 동남아시아의 작은 나라 "라오스"를

다시 들어가는 길은 불가사의한 일이었다.

코로나가 만들어놓은 이상하고도 희한한 일들이 얼마나 많은지

2020년 12월부터 다시 모든 국경을 걸어 잠그고 외국인의 입국을 막았다.

이미 발급된 입국허가서와 비자도 모두 취소시켰다.

2021년 1월부터는 자국민의 입국까지도 막았다.

한국과 연결편은 물론이고 비상시에 운항되던 쿠알라룸푸르와의 비상업용 UN기까지 금지시켰다.

코로나만큼은 절대 발을 붙이지 못하게 하겠다는 라오스 정부당국의 단호함이었을까?

보건 및 의료체계가 열악한 상황에서 인민을 지키려는 어쩔 수 없는 차선책이었을까?

입국하려면 먼저 라오스 정부로부터 입국허가서를 받아야 하는데,
입국허가서를 받기란 복잡하고 어렵다.
준비서류를 여러 번 제출하였지만
어떤 기준으로 허가를 해주는지 알 수가 없다.
허가서가 언제 나올지도 오리무중이다.
최소 1주 전에는 나와야 출국준비를 할 수 있는데
거의 이런 일이 발생하지 않는다. 탑승일 코앞에나 나온다.
입국 72시간 이내 코로나 음성 확인서를 받아야 하는데, 검사를 받
고 입국하지 못하면 적지 않은 금액이 생으로 날아간다.

어쨌든 외교관이나 기업인이든 꼭 입국해야 할 사람들이 있다.
인천에서 라오스까지 직항이 끊겼으니 UN기밖에 없다.
결국 필자도 5개월 동안 발이 묶여 있다가 출국 하루 전에 특별기편
입국허가서가 나왔다.
직항이 아닌 말레이시아를 거쳐 라오스까지 2박 3일 일정
인천에서 6시간 만에 북위 2도 쿠알라룸푸르에 도착했다.
공항 내 Transit호텔에서 이틀을 묵어야 했다.

호텔에서 제공하는 음식은 그냥 배를 채우기 위한 것이다.
방도 좁고 어두운데 요금은 비싸다.
하루 15만원이 넘지만 다른 선택지는 없다.
무료한 시간을 보내려고 동서남북으로 게이트를 하루종일 돌고 돌았다.

대부분 음식점의 문이 닫혀서 썰렁하다.

겨우 열려있는 음식점을 찾아 말레이시아 음식(미고랭)에 맥주 한잔 걸치고 있는데 축 처진 비행기 날개에 열대의 구름 비가 내려앉는다.

비행기 소음으로 제대로 잘 수 없었던 이틀을 보내고 일요일 아침 9시, UN기를 타고 라오스로 향했다.

갑자기 9시 30분이었던 시각이 8시 30분으로 바뀐다.

쿠알라룸푸르가 경도상 더 서쪽에 있는데도 말레이시아가 라오스보다 한 시간 더 빠르다.

한 시간을 거저 번 느낌으로 3시간 만에 라오스에 도착했다.

비엔티안 공항에서 코로나검사서, 입국허가서, 여권 등을 제출하고 입국수속을 마쳤다.

짐을 찾자 본격적인 코로나검사가 시작되었다.

보험료 100달러 등 제반 경비 300달러를 내었더니 손목에 전자 추적 장치까지 부착한다.

6달러를 별도로 지불하고 버스에 올랐다.

그리고 1시간 이상을 기다렸다.

일반 시내버스가 입국자를 옮긴다.

앞 유리창에 임시 번호판을 붙이고 호텔마다 들른다.

낡은 의자에 앉아 승객이 다 탈 때까지 날아드는 모기와 35도가 넘는 더위에 지쳐갔다.

버스는 만원이다… 짐과 사람이 엉켜서 마치 씨암탉 싣고 가는 시골
버스 같다.
다섯 개 호텔을 돌고 돌아 마침내 격리 호텔방에 들어왔다.
이미 2시가 넘었다.

꼼짝없이 방 안에 14일간 갇혀 있어야 한다.
먹을 것도 빈약하고 누구도 만날 수가 없다.
코로나가 만들어놓은 새로운 질서….
언제쯤 끝날까?
라오스는 입국 길은 철저히 막았지만 출국은 풀어놓았다.
한국으로 가는 길은 어렵지 않다.
하지만 돌아오는 길은 천국행보다 더 어려워 보인다.

─────── 한 뼘 더

    ☒ 코로나 이전에는 한국과 라오스 간 하루 5차례 이상 비행
       기가 떴다. 요금도 20만원이면 왕복도 가능. 전세기만 가
       끔 뜨고 입국허가서가 있어야 하는 요즘은 편도요금만도
       만만치 않다.

    ☒ 공무인 경우 민항기가 뜨지 않아도 대사관 도움으로 UN기
       사용이 가능하다. 비상업용 항공기로 최후의 수단이다.

미지의 땅 라오스, 자본시장 개척 10년

2020년 10월 10일은 사회주의 국가 라오스에
자본시장의 닻을 올린 지 10주년이다.
인구 6백만 세계 최빈국 라오스에
한국은 뛰어난 IT기술을 무기로 지분 49%의
합작법인 라오스증권거래소를 2010년에 개설하였다.
미국, 일본, 영국, 중국, 태국 등과 경쟁을 통하여
후발주자인 한국이 합작 파트너로 선정되었고
해외 합작거래소를 만들었다는 것은 국가적 쾌거였고,
해외에서도 큰 화젯거리였다.

당시 라오스라는 나라가 어디에 있는지 아는 이도 드물었다.

직항 노선 하나도 없었고, 찾는 이도 많지 않았다.

조용한 나라, 코끼리처럼 순박한 사람들이 살고 있는 땅….

바다가 없고 메콩강을 따라 평온이 깃든 불자의 땅

2020년, 10년이 지난 지금은 세계로 연결된 비행기 노선은 물론 수백만 명이 찾는 세계적 명소가 되었다.

한국인에게는 겨울철 가장 선호하는 골프여행지 중 하나다.

지난 10년 동안 연 6%대의 높은 경제성장률과 1인당 국민소득도 2천 달러를 넘어섰다.

상장회사도 11개로 늘어 시가총액이 9억 달러에 달한다.

중국과 고속철도사업도 2021년 말 완공 예정(개통완료)이고

유명 관광지인 방비엥 고속도로도 2020년 말 완공되었다.

4시간 걸리던 거리를 1시간이면 갈 수 있다.

하지만 최근 국가부도설이 끊이지 않고 있다.

국제신용평가사(Fitch)는 라오스의 신용등급을 기존 B등급에서 CCC로 낮추었다.

코로나로 인한 경기부진과 과도한 해외부채가 주요 요인이다.

높은 경제성장률에 불구하고 상장회사의 실적은 매년 악화되어 주가는 계속 떨어지고 있다.

몇몇 회사는 적자가 지속되어 투자자 피해가 예상되고 있다.

10년이 되었지만 정체상태에서 벗어나지 못하고 있다.

라오스에서 자본시장은 성공할 수 있을까?

양질의 기업과 투자자 저변확대가 가능한가?

눈여겨보면 꽤 쓸 만한 회사는 몇 개 있다.

라오스인이 밤새워 마시는 비어라오,

누구나 사용하는 라오텔레콤 등….

하지만 좋은 회사는 상장을 꺼리고 있다.

추가 자금이 필요 없어 기업공개의 필요성이 없다고 거절한다.

그래서 정부 관료나 경영인을 만나면 자금공급 이외에도 시장확장, 세수확보 등 자본시장의 본원적·부가적 역할과 기능에 대해서, 그래서 상장이 필요하다고 설득하곤 한다.

경제는 돈줄이며, 자본시장의 거대한 자금줄 없이는 라오스 경제의 부흥도 어렵다고, 무상원조로는 입에 풀칠은 하지만 부자를 만들어 주지 못한다고,

지금이 자본시장 활성화를 통해서만이 메콩강의 기적을 불러올 수 있는 적기라고,

자본시장 덕분에 오늘날 한국이 있게 되었다고….

거의 전도사처럼 부르짖고 있지만 대답은 허공의 메아리다.

기관투자자는 전무한 상태다.

소형 은행과 4개 증권회사가 있는데, 이들의 자본시장 안전판이나 전문적 기능이 없다.

라오스 국민들은 주식을 소유하면 팔지를 않는다.

그냥 채권으로 생각하고 있다.

이자처럼 배당만 바라본다.

시세차익을 챙기려고 단기에 시장에 뛰어들지 않는다.

시장 활동 계좌 수가 2천 개도 안 된다.

거래량도 감소하여 시장의 유동성이 떨어지고 있다.

자본시장의 환금성과 공정가격결정의 기능이 위협받고 있다.

향후 10년을 바라보아도 갑갑하기는 마찬가지다.

어쩌겠는가? 내일 일도 모르는 판에, 10년 후를 누가 알겠는가?

라오스 정부 당국자들을 만나면 그들은 시장발전을 위해 심혈을 기울이고 있으며, 부총리를 위원장으로 경제 부처의 장차관들이 모두 증권위원회 구성원으로 참여하는 등 나름 최선을 다한다고 하면서, 오히려 합작 파트너인 한국의 지원이 더 절실하다고 하니 말문이 막힌다.

매년 경영적자로 운영자금을 투하해야 하는 한국입장에서는 라오스 증권거래소 설립이 무슨 의미가 있을까?

이웃 베트남이나 태국처럼 이렇다 할 만한 한국 기업이 진출하고 있지 않은 상황에서 더구나 일반 기업이 아닌 자본시장의 핵심인프라를 한국거래소가 구축했다는 사실은 손익 여부를 떠나 이곳 교민들이나 국가적으로 큰 자부심일 수 있다.

알게 모르게 돈으로 계산되지 않는 뿌듯함인 것이다.

한국도 OECD 국가로 KOICA 또는 EDCF를 통해 매년 적지 않은 금액을 라오스에 유무상으로 지원하고 있는 마당에 아시아의 작은 나라가 또 다른 나라에 자본시장 콘텐츠를 이식하여 성공적으로 운영하고 있다면 그 가치는 적다고 할 수는 없을 것이다.

이곳 비엔티안 영자신문에는 매일 어느 나라에서 얼마를 지원했다는 것이 헤드라인 기사다.
일본이나 유럽과 마찬가지로 한국의 지원사업도 자주 오르내린다.
의료사업이며 교육사업 등 한 해에 적어도 수백만 달러 이상을 지원하며 대한민국의 위상을 높이고 있다.
한국은 투자했는데 라오스는 투자가 아닌, 원조라고 여길 수도 있다.
매년 운영 적자로 한국에서의 유상증자 금액에 대해 고마움과 미안함보다는 어쩌면 당연하다고 생각하는 것은 아닐지
한국이 제공한 IT 시스템이 용케도 10년을 버텼다.
큰 사고 없이 10년을 버틴 것이다.
앞으로도 10년을 더 버텨줄 수만 있다면 얼마나 좋을까?
경제가 폭발적으로 성장하고 법을 뜯어고쳐서라도 자본시장 활성화에 사활을 건다면 얼마나 좋을까?
상장회사가 100개가 넘고 일일거래량이 천만 주가 넘는다면 그래서 라오스 정부당국자의 소망처럼 라오스가 동남아 지역에서 프리미엄 자본시장으로 우뚝 선다면 얼마나 좋을까?
이렇게만 된다면 과거 10년의 과실은 아무것도 아닌데,

어찌 알겠는가?

늘 모르는 미래에 모든 것을 걸고 사는 게 오늘인데….

──────── 한 뼘 더

☐ 외국인도 라오스 주식이나 채권투자가 가능하다.

☐ 여권과 현금을 가지고 증권사에 방문하여 계좌를 개설할
수 있다. 증권사는 라오스증권거래소와 같은 건물에 있다.

☐ HTS, 전화, 메일, 문자로 주문이 가능하다.

라오스 젊은이의 꿈 - 한국에서 일하고 싶다

며칠째 해가 보이지 않는다.

예전과 달리 기나긴 장마가 라오스 하늘에서 잔뜩 웅알이고 있다. 중국에서 시작해 한반도를 거쳐 이곳 라오스에도 장마가 이어지면서 메콩강의 수위도 한껏 올랐다.

지평선에 깔린 구름을 그늘로 삼고 답답했던 커튼을 걷어치우고 창문을 열어 라오스 젊은이를 만나보았다.

올해 21살 라오스 청년 미양을 만난 것은 2020년 2월 한국 중소업체와 고용계약까지 체결하고 입국하려던 차에 코로나로 막혀 들어가지 못한 사연 때문이었다.

라오스 동북부 시엥쿠앙주 고등학교에서 우등생이었던 그는 라오국립대학교 입학시험에도 합격하였지만, 가난 때문에 다닐 수가 없었다. 육 남매 중 둘째로 농촌에서 부모님의 농사일을 도우며 오순도순 살았지만 큰 누나가 대학을 다니고 있어 본인은 대학진학을 포기해야 했다. 원망은 없고 그는 돈을 벌고 싶었다.

한국에서 돈 벌어서 뭐하겠냐고 묻자,

"한 달에 1천 달러씩 부모님을 돕고 싶다"고

"시엥쿠앙에 아파트도 사고 싶다"고 말한다.
이미 가격도 알아봤단다. 약 2만 달러 정도란다.
장래 외과의사가 되고 싶다는 미양! 한국은 선진국이고
한국 사람들은 영혼이 참 깊은 사람들이라고 말하며,
그래도 본인은 엄마 아빠가 있는 라오스가 좋단다.
취업하게 되면 부모와 헤어져서 마음이 아프다며 눈물을 글썽이면서
도 어서 빨리 한국 가서 돈을 벌고 싶다며 눈망울이 빛났다.

K-pop이 좋아 대학에서 한국어를 공부했다는 22살 쑤와나! 특히
남성그룹 EXO의 약속을 좋아한다며 흥얼거린다.

라한 한국어센터에서 한국어 강사로도 일하고 있는 그녀는
무조건 한국이 좋단다.

유창한 한국어는 아니지만 그래도 의사소통은 원활하다.

라오스 수도 비엔티엔에서 태어나 지금까지 한 번도 다른 나라를 가
본 적이 없다는 그녀. 5살 때 부모의 이혼 이후 의사인 엄마와 살고
있다는 그녀의 얼굴에서는 작은 그늘도 찾아볼 수가 없었다.

여기서 버는 돈은 월 200달러 정도(의사인 엄마의 월급과 큰 차이가
없다), 한국에 취업하게 되면 월 2천 달러 정도 벌 수 있으니, 어머니
를 도와줄 수 있어서 한국행을 택했다고.

돌아와서는 편의점 주인이 되고 싶다는 그녀는 한국은 잘 살고 참 좋
은 나라라고 엄지 척이다.

지금까지 한국에 취업한 라오스 젊은이는 약 320명 정도.

중소기업의 고용불안을 돕기 위해 아시아 각국에서 인력송출이 이루
어지고 있는지는 벌써 15년이 되었지만 라오스에서 인력송출이 시작
된 지는 3년째. 코로나로 국경이 막힌 지금도 효심 깊은 이들의 땀방
울은 가난한 부모의 계좌를 든든하게 채우고 있다.

가난했지만 따뜻했던 옛 우리의 자화상이 이들 라오스 젊은이들의
가슴에서 묻어나오는 듯하다. 길만 뚫리면 당장에라도 가고 싶다는
라오스 젊은이들의 간절함에서 가족을 위해서라면 청춘을 사르겠다
는 라오스 아들과 딸의 단호함에서 지쳐있던 코로나의 일상을 잠시
잊어보았다.

배당만 바라보는 주식투자의 역설

코로나에 세계 증권시장이 아우성이다.

지난 한 달 동안 미국시장은 30%가 넘게 빠지고

한국도 25% 넘게 급락했다.

이웃 태국도 베트남도 그리고 캄보디아도 20% 넘게 떨어졌다.

하지만 이곳 라오스증권시장은 한적하다.

메콩강과 안남산맥에 가로막힌 갈라파고스 현상인가?

지난 금요일(20일)에 조금 빠져서 10% 선 하락에 그치고 있다.

주말마다 만나는 한국 선교사들이나 현지 주재원들에게 라오스증권
시장이 한국거래소와 합작회사라는 자긍심(?)과 10년의 역사와 향후
전망 대해서 이야기를 나누곤 한다.

간혹 주식을 사고 싶다는 이들에게는 계좌개설을 도와주기도 하고
또 장기 투자할 만한 기업이 있는지 추천해달라고 하면 이곳 대표기
업인 BCEL과 EDL-Gen에 대한 설명을 곁들여준다.

 - 라오스 최대 상업은행인 BCEL은 지난해 주당 990낍을
   배당하여, 시가배당수익률이 16%에 달하고,

- EDL-Gen은 수력발전소 10개, 태양력발전까지 진출한 라
오스 최대 발전회사로 발전 가능성이 높다고.

이곳 주식시장의 일일거래량은 많지 않다.

라오스 사람들은 주식을 사면 잘 팔지를 않는다.

11개 상장종목 중 전혀 거래가 이루어지지 않는 종목도 있다.

장기소유하면서 배당수익을 또박또박 챙기는 게 일반적 관행이다.

시세차익을 노리는 단타족이 거의 없다시피 하다.

상장회사의 배당수익만 좇는 정기적금 같은 장기투자 문화가 주류를 이루고 있다.

외부시장이 아무리 출렁여도 가격변동이 일어나지 않고 사지도 팔지도 않는 인기척이 드문 시장이다.

이곳 수도 비엔티안에는 수요일마다 로또 판매대가 줄 서 있다(2022년부터는 월수금 주 3일 판매한다).

어둑한 골목길에도 밤늦게까지 임시가판대가 차려져 있다.

젊은 판매원이 작은 손전등을 켜고 손님을 기다리는 것이다.

이것을 보면 투기를 싫어하는 문화도 아닌 것 같은데 증권시장에서는 오로지 buy and hold다.

그러니 상장회사가 배당을 안 하면 이상하게 생각한다.

고율의 배당을 할 수밖에 없는 압박의 강도는 어쩌면 한국보다 클 수도 있다.

이러한 장기투자문화가 일면 시장의 유동성을 잠식하게 되어 시간이 지날수록 시장의 거래동력을 떨어트리고 있다.

사고팔 이유가 없으니 상장 이후 거래가 실종되곤 한다.

하지만 세계 주요시장이 패닉 상태에 몰린 작금의 상황에서 이 작은 시장이 큰 추락 없이 버티어내는 배경에는 단기매매나 매매차익을 바라는 투기성이 없고 배당만 좇는 장기투자문화가 한몫하고 있는 건 아닐까 하는 생각이 든다.

물론 공매도도 없다.

어떤 일이나 꼭 나쁜 것만 있는 것은 아니다.

───────── 한 뼘 더

▢ 라오스증권시장에도 주가지수를 발표하고 있다(한국산출 방식과 동일). 2014년 이후 지수는 줄곧 빠지고 있다.

▢ GDP는 연 6%씩 성장했다는데 상장기업들의 실적은 악화되고 있다. 상장기업이 11개밖에 되지 않아 지수의 대표성은 미흡하지만 라오스 정부당국자는 지수하락에 엄청 민감하다. 떨어지지 않는 방법을 강구하라고 지시까지….

라오스에도 채권시장이 있다, 그러나…

라오스에도 채권시장이 있다.

일반 회사채가 아닌 정부채권 시장이다.

일반기업은 회사채를 발행한 적은 아직 없다.

자본시장이 개설된 지 11년이 되었는데

상장된 회사는 겨우 11개에 지나지 않지만

라오스 정부는 2018년부터 정부채권을 발행하고

LSX(라오스증권거래소)에 상장하고 있다.

10월 현재 라오스통화표시채권은 약 3.8억 달러(3조8,500억 kip),

달러표시는 약 5천만 달러가 상장되어 있다.

금년 들어 라오스 정부는 국채발행에 더욱 열성이다.

당국자마다 국채시장 활성화를 화두로 꺼낸다. 왜 그럴까?

그 대답은 최근 컨설팅을 수행한 ADB(Asian Development Bank)

보고서에서 엿볼 수 있다.

ADB는 라오스에 국채시장 육성을 권고하면서 그 첫째 이유로 국채

시장을 육성을 통해 글로벌 자금경색에 대응력을 증진시키고,

둘째로 환율변동 리스크와 대외수지 불균형을 완화시키며, 셋째로

대규모 외환 보유 필요성이 낮아진다고 그 이유로 들었다.

지금 라오스는 통화가치하락, 대외수지 악화 등 어려움에 처해 있어

이를 해결하기 위해서 국채시장 육성이 선택지 중 하나일 수도 있다.

라오스의 국채시장은 걸음마 단계다. 먼저 발행시장은 인디언식 기우

제다. 팔릴 때까지 파는 전략이다.

2020년까지는 상업은행이나 기업의 팔을 비틀어서(?)일까?

발행액이 일찍 소진되었지만, 21년 상반기에 발행한 국채는 6개월이

지난 현시점에서도 50%가 채 팔리지 않았다.

달러표시채권은 5천만 달러가 다 팔렸지만 라오스통화표시 kip표시

채권의 판매는 저조하다.

1좌당 액면가액이 1백만kip(자국통화표시)과 100달러로 금액의 정

수배로 판매되고 있다.

할인이나 할증 없이 액면가 그대로 판매되고 있다.

가격이나 시장 경쟁 없이 속 편하게 장사하고 있다.

예산이나 재정용 정부채권(Budget Balancing/Treasury Bill)의 판매 저조로 정부예산집행에도 어려움이 예상된다.

라오스 사람들에게 정부채권을 사고 싶냐고 물었을 때 돈이 없어서 못산다고 하는 부류와 돈이 있으면 차라리 10%대의 높은 금리를 주는 저축은행에 맡기겠다고 하는 사람이 있다.
정부채권은 국내 매수자 입장에서 별 메리트가 없는 것이다.
라오스신용등급(CCC)이 정크본드 수준이라 안전성이 매우 낮다.
일부 민간기업보다도 낮은 국가신용등급 수준이다.
하지만 대규모 자금을 지닌 법인들에게는 마땅히 투자처가 없는 경우에는 투자 대안일 수 있다.
그래서일까?
달러표시채는 라오스인이나 거주 외국인에게 인기가 있는 편이라 잘 팔린다.

3년물 쿠폰가격(금리)이 6%대로 한국보다야 높다.
라오통화표시채는 6.8%(3년물), 7.5%(10년물), 8%(20년물)를,
달러표시채는 5%(1년물), 6%(3년물), 8%(10년물)를 지급한다.
채권 발행한 지 4년째이지만 쿠폰가격의 변동은 없다.
1년 만기 정기예금도 6%의 이자를 지급한다.
채권투자는 수익률 측면에서 큰 이득이 없다.

그래도 달러표시채권의 경우는 매수 유인이 있다.

대외채무와 외화부족이 심화됨에 따라

통화가치가 달러당 9,000kip 대에서 11,600kip 대로 떨어졌다.

환율불안 방패로 달러표시채권을 찾는 투자자가 있다.

라오스인뿐만 아니라 외국인들도

꽤나 달러표시채권을 사들인다.

하지만 해외기관투자자들은 전혀 관심을 보이지 않고 있다.

그만큼 라오스투자에 대한 리스크가 크다는 것이다.

유통시장은 아직 존재감이 없다

라오스증권거래소에 국채가 상장되어 있지만 아직 시장에서 거래가 단 한 건도 이루어지지 않았다.

그래서 증권사에 물어보았다.

채권을 매수한 후 어떻게 팔 수 있냐고?

특히 외국인의 경우 빨리 팔아야 할 때도 있으니 환금성이 매우 중요하다며… 어떻게 팔아야 하는지?

증권사에서는 매수자를 찾아줄 수 있다고 했다

액면가 대비 10~20% 할인선에서 매수자 물색이 가능하다고

그러나 증권사 중개로 거래된 적이 한 건도 없다고….

시장의 유동성이 확보된다면 보다 쉽게 투자할 수 있는데 이러한 환금성이 보장 되지 않으면 채권 발행 자체도 어려움을 겪게 된다.

시장활성화의 핵심인 유통시장이 발전하지 않는 이유로는

먼저 채권투자자 층이 너무 얇다.

특히 기관투자자는 규모가 작다.

고작 4개 증권사와 20여 개 상업은행이 있다.

자본금 등 그 운영규모도 작다.

보험사는 몇 개 있고, 투자은행은 전무하다.

한마디로 국채인수를 감당할만한 기관투자자가 별로 없다.

더구나 신용거래가 활발하지 않아 대부분 현금거래다 보니 호주머니에 있는 돈만큼만 투자가 가능하다.

매수 여력이 상대적으로 낮다.

또한 한번 사면 만기까지 가지고 있는 라오스인의 투자성향, 1년·5년짜리보다 10년·20년짜리를 더 선호한다.

1%라도 이자를 더 주는 장기채를 구입하여 끝까지 가지고 있다.

살 때부터 아예 팔 생각이 없다.

가격상승에 따른 차익(Capital Gain)을 거두겠다는 생각은 없다.

발행채권의 가격이 비싼지 판단할 만한 지표금리도 없고 법과 제도도 아직은 미비하다.

하지만 현지 외국인 입장에서는 투자 매력이 전혀 없는 게 아니다.

그중 가장 큰 것이 이자소득세가 없다.

6%의 이자소득이 차감 없이 온전히 소득이 되는 것이다.

라오스통화가 불안하면 달러채권을 구입하면 된다.

6개월마다 이자는 자동으로 계좌입금 되고 만기도래 시 원금도 자동 입금된다.

이러한 매력에도 불구하고 채권투자를 하려면 3개 증권사 중 한 곳을 직접 방문해야 하는 불편한 점도 있다.

가장 큰 위험은 국가신용도 문제다.

정부의 대외부채 상환 능력이 있는지가 관건이다.

라오스 경제가 버터 낼 수 있을지가 관건이다.

안정성만 담보할 수 있다면야….

1997년 아시아금융위기와 2007년도 글로벌 금융위기에서 국채시장 견고한 역할과 기능을 거울삼아(ADB보고서 언급) 지금 라오스 정부는 국채시장 육성에 심혈을 기울이고 있다.

하지만 아직 갈 길은 멀어 보인다.

국채시장의 Market Maker인 PM(Primary Dealer)을 도입하고 정부의 재정상황, 부채관리 등 정보의 투명성은 물론 연금펀드, 우체국 예금 등 투자자 저변을 확대하고 관련 법 정비와 시장인프라를 선진화하는 등 아직 갈 길은 첩첩산중이다.

천리 길도 한걸음부터라고 했던가?

첫걸음만 떼면 가는 것이다.

하나씩 하나씩 해나간다면….

역사는 어쨌든 진일보한다고 하지 않았던가?

라오스에서도 자본시장은 어쨌든 발전할 것이다

채권시장이든 주식시장이든

그 세월이 얼마나 걸릴지 모르지만….

──────── **한 뼘 더**

▯ 라오스 정부 채권 금리가 5% 이상이고 세금이 없다.

▯ 현지 통화 Kip(킵)채권보다는 USD표시 채권이 환율변동에 안전하다.

▯ 라오스의 대외수지가 열악하여 환율이 불안하다.

▯ 2019년에 달러당 9,000킵이 2022년에는 14,000킵을 넘어섰다.

▯ 은행과 사설 환전상의 환율 차이가 10% 이상 난다.

서부발전, 라오스 오지에 꽃을 피우다

동남아시아의 오지 국가 라오스!

라오스에서도 오지 중의 오지 남쪽 끝 마을 아따푸!

라오스의 수도 비엔티안에서 한 시간 반 비행기를 타고,

다시 두 시간 반을 쉬임 없는 굴곡들을 자동차로 지나다 보면,

아! 아무것도 없을 것 같은 북위 15도 오지의 끝자락에서,

한국 전력산업의 뜨거운 현장을 만날 수 있다.

2018년 라오스 댐 붕괴로 더 잘 알려진 아따푸 수력발전소가 아픔을

딛고 2019년 12월부터 힘차게 돌아가고 있다.

대형 참사가 벌어졌음에도 사고 원인을 떠나 우선 희생자 구제 사업에 우리 정부당국은 물론 코이카와 관련 기업이 적극적으로 뛰어들어 이곳 주민들에게 신뢰를 쌓았고, 학교를 세우고 특히나 코로나 위기 와중에도 마스크 등 각종 구호물품을 지원하고, 예방안내방송을 내보내는 등 어려울 때일수록 이웃을 생각하는 우리의 온정이 지속적으로 감동을 주고 있다.

2018년 댐 붕괴 당시 수력발전사업은 좌초될 위기에 있었다.
수몰된 피해자 보상금액도 막대하지만, 무너진 댐을 다시 복구하려면 시간과 돈이 문제가 되었고, 자금줄도 막혔단다.
다시 댐을 복구하고 사업을 정상 궤도로 복귀한다는 것은 불가능에 가까웠다.
당초 사업 준공 예정일인 2019년 2월보다 최소 3년 이상 지연될 것이라 보았다.
댐 붕괴의 시시비비만 가리는데도 수년이 걸릴 수 있고, 무너진 댐을 다시 복구하는데 얼마나 시간이 걸릴지 알 수가 없었다.

댐 시공을 담당했던 국내 건설사 등 사업자에게 결단의 시간이 다가왔다. 10억 톤의 물을 저장하려는 댐의 보수공사로는 도저히 공기를 맞출 수 없었다. 사업지연은 막대한 경비가 발생하여 사업실패로 이어질 수 있다.
혁신적인 접근방법이 필요했다.

무너진 댐을 복구하는 대신 상류에 보조 댐을 짓기로 했다.

공기 단축과 안정성 차원에서 RCC(Roller Compacted Concrete) 공법을 도입하였다. 그래도 통상 3년이 걸리는 공기.

10개월 안에 마치겠다고 했을 때 라오스 정부당국자는 물론 건설 전문가들까지도 헛웃음을 쳤단다.

도대체 말이 되지 않기 때문이었다.

사업자는 모든 것을 걸었다.

시공사는 가용 가능한 모든 시설과 자원을 동원했다.

마침내 2019년 12월에 2013년 첫 삽을 뜬지 6년 만에 10억 달러의 대역사가 완공되었다.

당초 계획보다는 10개월 늦었지만 댐 붕괴라는 대형 사고에도 불구하고 모두의 예상을 깨고 기적을 만든 것이다.

한적한 마을숙소에 아침 해가 산 그림자를 모으고 있다.

테니스장이며 축구장이며 실내체육관까지 또 학교까지 갖춘 빨간 지붕 마을이 해의 능선을 따라 움직이기 시작했다.

새벽부터 운동장을 도는 발걸음!

뒷산 자락을 오르는 산새들의 휘파람!

마을 한가운데 식당에서는 세계 각국 근로자를 위한 손길이 분주하다.

인도 음식, 베트남 음식, 필리핀 음식, 라오스 음식….

지난밤에 먹은 삼겹살과 김치찌개 맛이 일품이었다.

아침 7시 현지 직원들과 비빔밥을 먹고 나자 40도의 태양이 수력발전산업현장을 달구기 시작한다.

한국 가족과 떨어진 지 7년이나 지난 직원들도 있었다.

검게 그을린 얼굴에 넉넉하게 히죽 웃는 그에게 외롭냐고 물었더니 우기인데 비가 오지 않는다고 내일부터 인디언식 기우제를 지내야겠다는 메아리만 돌아왔다.

이들의 간절함이 없었다면 이런 기적이 가능했을까?

──────── 한 뼘 더

　　¤ 라오스에서는 가끔 전기가 나간다. 비상전등이 필수다.

　　¤ 우기에는 전기가 남고 건기에는 전기 부족으로 수입해서 쓴다. 전기요금이 부담스러운지 집세에도 전기요금은 별도다.

코로나 파고를 뚫어라, 금융 한국이여!

아침부터 4월의 뙤약볕이 대지를 수직으로 때린다.
달아오른 아스팔트 위에는 차량과 오토바이가 뒤섞여
앞서거니 뒤서거니 희미한 차선을 따라 곡예 하듯 달려간다.
잠시만 보고 있어도 아찔하여 현기증이 날 정도다.

라오스는 대중교통이 발전하지 않았다.
개인 교통수단이 없으면 참으로 불편하다.
물론 버스나 뚝뚝이가 있지만 이용하기가 쉽지 않다.
매일 학교를 다니거나 직장을 다니려 한다면

차량이던지 오토바이가 있어야 한다.

중소서민에게는 오토바이는 그야말로 생존 필수품이다.

하지만 오토바이 구매가 그리 쉽지는 않다.

오토바이 한 대의 가격이 보통 1,700달러부터이니 라오스국민 평균 월급의 10배가 넘는 가격이다.

밥도 안 먹고 1년을 꼬박 모아야 장만할 수 있다.

이리 큰 부담에도 불구하고 오토바이가 있어야 살아갈 수 있다.

대학입학이나 취업기념으로 오토바이를 선물한다면 이곳에서는 최고의 선물이 될 것이다.

농부에게 일소 한 마리가 가장 큰 재산이듯 말이다.

이러한 필요성을 충족시키기 위해 틈새시장을 놓칠 리 없는 한국 금융이 매서운 촉각으로 팔을 걷고 나섰다.

2010년대 들어 동남아시장에 뻗어 나가기 시작한 한국 금융!

이제 라오스에도 한국 리싱기업이 네 곳이나 진출해있다.

2016년에 진출한 웰컴리싱(Welcome Leasing Lao)을 가보았다.

점심시간이 다 되었는데도 80여 명의 현지 직원들로 사무실이 빼곡하다.

빨간 유니폼을 입고 부서별로 나뉘어 바삐 움직이고 있었다.

처음 문을 열어줄 때부터 안면에 화색이 가득한 사람이 있었다.

라오스 현지 웰컴리싱의 정 법인장이었다.

이것저것 이야기하다가 비즈니스에 어려움이 없냐고 묻자, 느슨한 윤리적 사고 말고는 오히려 장점이 많다며 우리 한국의 선진금융기법을 테스트해볼 수 있는 기회의 시장이라며 청년처럼 도전정신을 힘주어 말한다.

라오스에서 최고급 인력을 고용하여 비즈니스를 할 수 있다는 것이 견줄 수 없는 경쟁력이라고 한국에서 상상해볼 수 없는 일이라며 미소가 더 커졌다.

무슨 좋을 일이 있을까 궁금했는데 2016년 라오스 진출 후 지난해 첫 당기순이익을 달성했단다.

그것도 그 어려운 코로나 경제상황에서 이루다 보니 예전보다는 어깨가 좀 올라간 것 같다며 너털웃음을 짓는다.

요즘은 다음 먹거리를 찾느라 밤잠을 설친다며, 비지땀을 뚫고 피곤이 와도 희망이 보이는 날은 행복하다고, 라오스라는 작은 시장이지만 태국, 일본 등 사활을 건 금융 각축장에서 살아남아야 하지 않겠냐고 입술을 모을 때는 철옹성의 다짐이 따로 없어 보였다.

그래서일까 금년에는 승진의 행운까지 마셨다며 후배들에게 미안해하는 너그러움이 찻잔처럼 잔잔했다.

라오스에서 사람은 세 종류로 분류될 수 있다는 우스갯소리.

차 있는 사람/오토바이 있는 사람/두 발만 있는 사람.

아직 개발도상국인 라오스에 의외로 차량이 많다.

해외 고급차종이 많을 뿐만 아니라 동남아에서 한국 차량이 가장 높

은 점유율을 보이는 곳이다.

아마 한국인이 운영하는 현지기업의 판매 영향력 때문일 것이다. 이를 뒷받침 해주는 것이 또한 금융이다.

DGB Lao Leasing이 2016년에 뛰어들었다.

55명의 현지 라오 직원들과 호흡을 맞추느라 늦은 시간까지 술도 마다치 않는 김 법인장을 만난 시간은 라오스 신년 연휴가 막 지난 뒤였다.

아직 연휴의 후유증이 남을만한 시점임에도 불구하고 직원들의 움직임이 부산스러웠다.

라오스에 온 지 채 1년도 안 되었는데 라오스어가 능숙하고 라오스가 너무 좋다며 엄지손가락을 늘 입가에 붙이고 웃음이 떠나지 않는 그에게 도대체 궁금했다. 덥고 험한 이곳이 뭐가 좋은지…? 대답은 간단했다.

라오스국립대학 졸업은 물론이고 영어까지 구사할 줄 아는 라오스 최고급 인력을 고용하여 일 할 수 있는 게 기쁘단다.

어려운 점이야 어디든 있는 것이고 여기는 특히 개인이든 기업이든 신용정보가 없고 있어도 믿을 수가 없으며 불확실성이 너무 많고, 환리스크 관리가 어렵다고 토로한다.

현지 생활의 어려움을 물어보면 대부분 보건인프라가 열악하여 건강

문제를 제일 먼저 제기하는데 개인의 안위 따위는 까먹었는지 회사 이야기만 줄곧 한다.

현지기업 탐방 겸 지방 출장이 잦다며 얼마 전 빡세게 시엥쿠앙에도 다녀왔다는 그의 그을린 얼굴에서 동남아의 진한 향수가 묻어난다.

2016년 진출 후 지난해 최고의 실적을 올려 ROE(자본금대비 수익률)가 20%가 넘었다며 마지막까지 숨긴 비장의 카드를 꺼내 보일 때쯤 등 뒤로 몇 개의 단체사진이 눈에 들어왔다.

The chairman of DGB Financial Group, Mr Kim Tae Oh on Monday donates US$45,000 for an education fund to Minister of Education and Sports, Mrs Sengdeuane Lachanthaboune during his working visit Laos. The fund will be used to help students in disaster areas in Attapeu province continue their studies in difficult times.

모기업의 해외 CSR(Corporate Social Responsibility) 일환으로 비엔티안에 이만수 감독과 함께 DGB야구장을 건립하였으며, 환경이 열악한 초등학교에 에어컨을 제공하는 등 교육사업에도 정성을 쏟고 있다고… 얼마 전 한국공관 직원들과 라오스 대표팀 간 친선을 다지는 야구게임도 이곳에서 있었다는 소식도 전해준다.

방문을 마치고 문을 여니 4월의 햇살이 예사롭지 않다.
코로나로 모두가 힘들었던 지난 2020년이었는데
오히려 최고의 성과를 내는 금융기업들도 있구나.
이곳의 참파꽃은 동양난처럼 은은한 향기를
메콩강변에서 사시사철 내뿜는다.
이 혹독한 더위 속에서도 향기를 품는
저 꽃의 향기가 사람에게서도 나는 것 같다는 생각이 든다.

─────── 한 뼘 더

¤ 라오스에는 한국 기업이 많이 진출해 있지는 않다.

¤ 제방사업 등 건설부문 회사가 다수 진출해 있지만 금융 쪽에는 리스와 은행 빼고는 없다. 라오스 금융 당국자는 한국의 선진 금융사들의 진출을 은근히 바라고 있는 눈치다.

라라미용실

화산 같은 더위가 몰린 날

짙은 보라색 유리창으로

40도 지열을 버티고 서있는

라라미용실에 간다

동남아 땡볕이 무섭다며

삼거리 골목 어귀에 웅크리고

하얀 마스크를 눌러 쓴

간판도 없는

라라미용실에 가면

가위가 입을 활짝 벌려 맞는다

왼쪽 머리를 세워보라고

오른쪽 머리를 기울여보라고

마음에 드는지 묻길래

몇 번 그냥 웃어넘겼다

벌써 삼십 분이 지났다

한 달 치의 기억을 자르고

잡음을 솎아내는 날렵한 속삭임들

열대야의 소낙비처럼

졸음은 무릎 위로 뚝뚝 떨어지는데

더운데 살만하냐고 안부를 묻자

속살까지 드러낸 머리가 자꾸만 시시덕거렸다

한 시간이 넘도록

바닥에 널브러진 검은 기억보다도

그사이 더 자라버린 머리카락

제대로 임자 한번 만났다고

다시 자세를 바로잡고 앉는 것이다

아직도 보라색 한낮이라

나가기도 머쓱한데

잘라도 또 자라는 마법에 걸려

간판도 없는 라라미용실 문을 또 두드린다

라오스 삶 베스트 10

① 찬물로 샤워하기

서울에서는 여름에도 온수로 샤워를 했다

너무 차가워서 늘 따뜻한 물이 필수였다

여기는 수돗물이 한낮이면 온수가 된다

3월부터 한낮에는 35도가 웃도니

수돗물 자체가 온수다

가끔은 뜨거워 움찔한다

자연 온천인 셈이다

수도관에 고인 물이 점점 뜨겁다

7월의 비는 하늘 온천수다

② 수도승 같은 단순한 삶

먹는 음식도

상하기 쉬워 단품에 소식이다

입는 것도 단순하다

반팔과 반바지 한 벌이면 일 년 열두 달

사람 관계도 아주 단순하다

좋으면 보고 미우면 안 보면 된다

사는 것은 더 단순하다
해가 지면 어두워 자야 하고
해가 뜨면 새소리에 일어난다
한낮은 너무 뜨거워
밥 먹을 생각조차 하기 싫다

③ 바가지 땀 흐르기
밖에 잠깐만 있어도 등짝이 척척
한 시간 동안 걷기만 해도
1킬로그램은 금방 빠진다
온몸의 육수가
콧등에서도 손등에서도
바짓가랑이에서도 뚝뚝 떨어진다
밤 열 시에 나가도 30도가 웃돈다
열대야라고 부르지 않는다

④ 명랑 골프
집에서 20분 거리에
시내 골프장이 5개나 있다
언제든 갈 수 있다
부킹도 필요 없다
혼자서도 가능하다

도착하는 대로 티샷하면 된다
그린피도 싸다
옷 걱정 안 해도 된다
간혹 옷 잘 입은 사람이 있다
한국 관광객이다
맵시는 역시 한국 골퍼다

⑤ 운동 후에는 마사지
한 시간에 5천원 정도
팁까지 만원이면 넉넉하다
대부분 20대 초반 여성들
그 어린 손에게 미안하기도 하다
먼 시골 마을에서 올라와서
돈 한 푼 벌어보겠다고
삭신은 풀리는데 마음은 쓰리다
그래서 곤하게 잠든다

⑥ 열대과일의 천국
망고며 두리안이며 바나나며
열대 과일이 많다
흑생강이며 노니며
건강식품도 널렸다

열대 코코넛 한 통이 천원
더위엔 이게 최고다
코코넛 아이스크림의 천연의 맛
덥고 습한 땅에서 사람은 숨을 헐떡이는데
식물은 좋아라 웃는다

⑦ 자연과 어우러지는 삶
높아야 4층(최근 중국자본의 고층빌딩이 들어서고 있다)
개와 닭과 새와 벌레가 어울려
나무들도 덩달아 살랑대는
밤의 공기가 별을 닦아주는 흑백 도시
하늘도 깜깜해서
산골 마을에 갇혀 있는 느낌
아침 창문을 열면 새의 노랫소리
나뭇잎도 누웠다 일어난다

⑧ 라오스 문화 탐방
이러나저러나 라오스 사람과 언어를 접하게 된다
나도 모르게 라오스를 알아가는 것이다
또 하나의 언어와 문화를 아는 것은
또 하나의 세상을 얻는 것이다
우습게도 영어를 이렇게 많이 쓰기는 처음이다

미국도 영국도 호주도 아닌 동남아에서

⑨ 젊은 이방인들과의 만남
낮은 임금이지만
우리보다 행복해 보인다
평균 연령 24세
늘 웃는 얼굴이다
더 개방적이다
모두들 친절하다
여기 나온 주재원들도
덩달아 순해진다

⑩ 늘 푸른 메콩강에서
아침저녁으로 메콩강을 걸었다
메콩강의 일출과 구름과 노을을 담아
메콩강 사람이 되었다
언제나 푸른 정원
자연산 꿀이 설탕 꿀보다 싸다
나무들도 늙을 수가 없어 늘 푸르기만 하다

제 3 편

·

자유인 자연인이 되어

4천 개의 섬, 시판돈의 밤

네 이름은 부르기도 참 쉽다

이름을 이름대로 지어서

4천 개의 섬이 모여서 이구동성으로 시판돈

가문 틈을 타서 드러난 4천 개의 얼굴

2월의 강물 위에 나타난 푸르고 푸른 미소

다시 비가 오면 수장될 운명일지라도

겨우 천 개의 섬만 물 위에 남아있다 해도

능판돈(천 개의 섬)이라 바꿔 부르지 않고

오랜 이름도 첫 부름인 것처럼

여전히 시판돈이라 짓고 시판돈이라 부른다

비엔티안에서 2천 리 길을 꼬박 달려갔다
사내 넷이서 용기백배하게 차를 몰고
하루도 모자라 하룻밤을 깜무안(꽁로동굴)에서
담배밭의 진한 녹취로 밤의 색깔을 새기고

남쪽으로 남쪽으로 길을 몰아서 북위 15도까지
나카상 선착장에서 1만5천킵(약 2천원)을 지불하고서
낡은 목조 보트에 몸을 싣고서야
겨우 만날 수 있었던 신선들의 놀이터, 시판돈
소 떼와 개 떼와 염소 떼가 막아 서서
가다 멈추고 가다 멈추고 느림을 핥아가며
구멍 난 도로에 덜컹덜컹 밑바닥을 할퀴며
열대의 나라 중심에 조용히 떠 있는 섬
시판돈을 만날 수 있었다

섬은 섬으로 연결된다
사람은 사람으로 연결되듯
달랑 나무 한 포기 자라는 풀섶 같은 섬과
하얀 돌섬과 크고 작은 섬들이 모인 시판돈
섬 소년들의 검게 그을린 노 젖는 소리와
소녀 뱃사공의 휘날리는 머릿결 따라
강물은 길을 내어 섬과 섬을 이어주고

밤이면 홀로 써내려가는 외딴 섬들의 편지
아침 햇살이 떠오르면 다시 출렁출렁
강물은 그 소식을 전하려 흐른다

사공들은 노를 깊게 젓지 않는다
온종일 뜨거운 태양을 받아내고
마침내 붉은 가마솥을 삼켜야만 하는 저물녘
강물에게는 인내의 시간
또한 침묵해야 하는 시간이다
물고기가 물의 살갗을 긁고 지나갈 때마다
따가워서 아찔한 순간에도
잔 물살 몇 조각을 내뿜었을 뿐이다
물의 비늘이 다치기라도 할까 봐

깊은 상처는 건들면 더 아프기에
사공들은 물의 표피까지만 노를 묻는다

강인지 바다인지
두 눈으로 가둘 수 없는 시판돈
강물은 먹쇠처럼
말을 걸어도 덥석 삼키곤 대답이 없다
한 두름의 물고기를 숯불에 얹어놓고
한 잔을 비우는 동안에
별 하나가 강물 속으로 사라졌다
강물 속에는 분명 별의 집이 있는 것이다
별은 절대 입을 벌려 말하지 않고
오직 눈으로만 주고받는 것처럼
여행자의 인사에도 히죽 웃고 마는 섬 소녀
수박 한 덩이 탁자에 내려놓은
저 검은 눈망울은 분명 별의 놀이터다

돈뎃섬의 밤이 깊어간다
노을이 남기고 간 어둠의 길목을 본다
빡세의 니암폭포의 커다란 굉음도
꽁로동굴에서 흘러온 원시의 그늘까지
어디서 왔는지 언제 왔는지

묻지 않고 돌돌 뭉쳐서 흘러가는 강물을 본다
시판돈 아랫길에는 콘파펭 폭포
바위에 부딪히는 낙수의 아픔을 남겨두고
사천 개의 섬마다 들려
사천 마디의 인사를 주고받느라
하루를 보내고도 다시 어둠이 내려도
이별 인사는 쉬이 끝나지 않는다
어디서 왔을까?
여행자의 이야기가 또 하나의 섬을 짓고 있는 밤이다
물이 넘쳐 섬이 다 사라져도
시판돈은 그대로 시판돈으로 남을 것이다

먼지 풀풀 날리는 섬의 오솔길을 달린다
흙무더기를 지나 펼쳐진 낯설지만 익숙한 그림
골목마다 개구쟁이들의 천진난만한 웃음소리
낡고 해진 옷을 입었던 가난한 추억의 소환
마른 햇살 아래 풀을 뜯는 소 떼들의 되새김질
너무 멀리 왔나 싶어 자전거를 멈추었다
땀에 젖은 소매를 걷어붙이고
섬 위로 뻗은 파란 하늘을 보았다
여행자에게 돌아갈 길이란 없는 것이다
잠시 쉬어가는 곳이 있을 뿐

또한 다시 돌아올 약속도 하지 않는다
여정의 끝이 어디인지 어찌 알겠는가?
4천 개의 섬도 세다 말고 세다 말고
그 끝이 없어 그냥 시판돈이라 부르는지도 모른다

─────── 한 뼘 더

¤ 한국에서 라오스 시판돈을 가려면, 인천→ 라오스 비엔티
안(5시간)→ 빡세(1시간 30분)→ 나카상선착장(자동차로 2
시간 30분)→ 15분 정도 배를 타면 돈뎃섬을 만날 수 있
다. 너무 멀다.

¤ 인천에서 빡세까지 직항선이 열리기도 했었는데, 다시 열
린다면 한결 접근이 용이하다.

¤ 라오스에 가면 돈뎃섬에서 하룻밤이라도 꼭 묶어보시라.
아늑하고 고요한 별들이 이불처럼 강물을 휘감는다.

시간이 멈춘 꽁로동굴(Kong Lor Cave)에서

세월이 봉긋 솟은 암벽처럼 울퉁불퉁하여

어이~ 잠시 수평의 길을 걷고 싶다면

꽁로동굴에 가보자

겨우 두 사람의 몸만 실을 수 있는

모터보트에 앉아 마음의 바닥을 턱 내려놓자

물의 표피는 살을 에듯 날렵해지고

부딪혀 펼쳐진 수평의 어지러움들

내림인지 오름인지 분간도 되지 않는 호수

다소곳하게 들이대는 물의 응석들
끝이 보이지 않는 잔잔함의 중심에서
이 수평도 결국은 거대한 굴곡임을
수십 미터 바닥을 채운 물의 공덕 위에
우뚝 선 봉오리의 가림막 아래에 있음을
물고기의 숨소리는 고사하고
메아리의 응답조차 허락하지 않는
이 뻑뻑한 절벽들의 잔재라는 것을
꽁로동굴 어둠 속에서 알 수 있다

왜 이리 시간이 빠른지
흰머리가 새치를 덥수룩하게 덮치고
정오의 시계가 갈팡질팡 어지러운 날
꽁로동굴에 가보자
7.5km의 동굴의 시간은 멈춰 있다
강물은 흐르지만 어둠은 흐르지 않는다
동굴 밖 기억이 없다
해가 지는 줄도 모르는 이 어둠
처음부터 지금까지 똑같이 그 자리에
그 새파란 어둠이 갇혀 있다
시간이라는 것은 원래 존재하지 않는다
나이도 주름도 보이지 않는다

앳되고 앳된 어둠을 만나고 나면
덩달아 어린애가 되고 만다
꽁로동굴에 머무는 동안에는
누구도 늙었다고 말하지 않는다

어머니의 어머니, 아버지의 아버지
다시 볼 수 없는 사람들
그 사람들이 그리워지는 날에는 꽁로동굴에 가보자
침묵보다 두려움, 그 시린 고요에 휩싸여
어둠이 간직한 먼 옛날의 이야기를 들을 수 있다
암벽을 두드리면 석가모니보다 더 먼 옛날의
공룡의 발걸음 소리가 둥둥 울려 퍼진다
은하수가 펼쳐질 것 같은 동굴의 천정에서

별자리를 찾아내려 고개를 들어보지만
별도 태어나기 이전의 어둠이라 보이지 않는다
기다란 종유석에서 물방울이 뚝뚝 떨어져
빛이 없어도 자라나는 원시의 향기가 입술을 때린다
어머니의 어머니보다 그리고 아버지의 아버지보다도
더 오래된 기억들을 어둠은
저렇게 방울방울 흘러내리는 것이다

춘삼월 지구상에서 가장 더운 이곳
사람이 어떻게 살까?
개도 혓바닥마저 입속으로 접어 감춰버린 날
더위도 지쳐 잔뜩 더위에게 짜증을 부리는 날에는
꽁로동굴에 가보자
동굴 입구는 이미 녹색 물빛에 취해
물고기 떼가 길을 안내하고 있다
보트를 타자마자 닭살이 울퉁불퉁 돋아
긴 소매로 갈아입고도
비어라오 캔을 몇 개 비워도
한기는 좀처럼 가시지 않는다
얕은 물살에 내려
모래사장을 걸을 때는 털신을 신고 싶어진다
누군가 조금 더 있자고 추근댄다면

햇살을 쫓자고 사공을 조르고 말 것이다
여름 한 철 더위를 잊고 싶거든
아니 삶의 무더위가 무거운 날에는
꽁로동굴에 가보자

꽁로동굴 앞에는 꽁로마을
꽁로마을에는 꽁로사람들이 오순도순 살고 있다
새해 벽두 꽁로동굴에서는
들어갔다 나올 때마다 일출이 수십 개다
괜스레 사람이 미워지는 날에는
꽁로동굴에 가보자

멎은 시간에 맞추어 멈춘
원시의 산과 원시의 물과 원시의 나무들
동굴을 지나면 또 하나의 초원들
한 며칠 있다 보면
내 이름도 까먹을 것 같은
꽁로동굴에서
사진 한 방 박고서
가난한 꽁로사람들과 술 한 잔 마시고 싶다

─────── 한 뼘 더

ㅁ 꽁로동굴까지 비엔티안에서 자동차로 6시간 정도 소요된다.

ㅁ 꽁로동굴 앞 숲 속에 있는 리조트에서 며칠 머문다면 완전
히 자연인이 될 것이다. 동굴을 지나면 오지 같은 마을이
있다. 배를 세워놓고 물소 떼와 함께 맥주 한잔 들이키면
마치 공룡시대로 돌아온 느낌.

라오스에서 골프란?

주말에 할 일이 없어 공 치러 간다고 하면
참 팔자 좋은 소리 한다고 피식 웃겠지
하지만 진짜 그렇다
라오스에서 주말에 골프클럽에 가지 않으면
집안에 박혀 온종일 뜨거운 공기와 싸워야 한다
다른 대안이 없다
더구나 혼자 사는 경우 더욱 그렇다
골프는 취미가 아닌 생존이다

어쩔 수 없이 가야 하는 골프장이지만
어느덧 안방처럼 편안해졌다
열대나무 가지에 뭉실뭉실 걸터앉은 새 구름
바람에 맞춰 걷다 보면 어느덧 저물녘이다
석양이 물들면 붉은 노을이 가시꽃처럼 핀다
추운 겨울이 없어 일 년 내내 골프를 즐길 수 있지만
일 년 내내 더위도 피할 수 없는 라오스
겨울 골프여행지로 유명했지만
코로나로 발길이 뚝 끊겨 적막감마저 감돈다

라오스 수도 비엔티안에는 5개의 골프장이 있다
이 중 한국과 관련된 골프장이 세 곳이나 된다

모두 시내에서 20분 정도의 지근 거리에 있어

늦잠을 자다 가도 되고 가고 싶은 대로 가면 된다

밥 먹고 싶으면 식당에 가듯 그렇게 가면 된다

부킹도 전혀 필요 없다

언제든 열려 있다

마음만 먹으면 된다

그냥 가면 된다

클럽에 도착하면 캐디들이 순서대로 골퍼들을 맞는다

20대의 어린 여성캐디도 있지만 남성 캐디도 꽤 많다

내기를 하거나 골프 타수를 줄이려면

경험 많은 캐디가 좋다

대부분 1인당 1캐디를 동반한다

간혹 1인당 2캐디를 하는 경우도 있다

우산을 들어주는 캐디, 클럽백을 끌고 가는 캐디

골프장마다 캐디의 유니폼이 가지각색

반짝이는 형광색부터 빨간색까지

클럽마다 그린피는 다소 차이가 난다

하지만 대부분 18홀 기준 6만원~9만원 선

(우기인 5월~9월에는 20~30% 추가 할인까지)

9홀은 18홀의 딱 절반 값이다

이곳의 생활수준에 비해 비싼 편이지만
이웃 동남아 국가들보다는 싼 편이라고 한다
어느 계절이나 6시면 티업이 가능하다
비가 쏟아져도 30분 정도면 멈춘다
그래서 소나기가 내리는 날에도 골프장에 간다
가다 보면 비가 그친다
비가 온다고 꾸물대면 낭패를 당하기 쉽다
비 갠 후 잔디의 촉촉함이 새끼 솜털 같다

굳이 4명을 묶어서 운동할 필요도 없다
혼자서도 가능하다
혼자라고 더 비싼 것도 아니다
최대 6명까지 함께 라운딩을 한다
내기 판돈이 커져야 재미있다는 라오스 골퍼들의 지론
앞선 홀에 이들이 있다면 오늘은 도 닦는 날이다
간혹 먼저 가라고 양보하는 매너 좋은 골퍼들도 있다
라오스 골퍼들은 술을 참 즐긴다
카트에 맥주를 싣고 다니면서 홀마다 마신다
티샷 치고 마시고 OB 나면 마시고 버디 하면 마시고
마실 일이 너무 많아 웃음밭이다
별도의 그늘 집이 필요 없다

운동하러 왔는지 퍼마시러 왔는지
그저 즐기는 것이다
잔칫집이 따로 없다
이들의 흥은 18홀 24시간제다
떠들썩한 곳을 보면 거기 그들이 있다

대부분 1인당 1카트를 쓴다
대부분 카트가 있지만 없는 곳도 있다
18홀 내내 걷고 싶다면
카트 없는 곳도 좋다(라오CC)
하지만 2리터 냉수를 꼭 챙겨야 한다
온통 땀에 젖어 탈수현상이 일어나기도 한다

젖은 몸에 폭풍 흡입! 동남아 골프의 참맛이다
큼지막한 양산은 필수다
모자를 쓰지 않으면 머릿속도 붉게 탄다
선그라스를 끼지 않으면 눈도 가물가물
손목 토시를 안 하면 밤이 따갑다

라운딩을 마치고 나면 골프백을 차에 실어주는 캐디들에게 팁을 준
다(팁이 캐디들의 주 소득원이다)
어느 골프장이나 10만킵~20만킵(15,000원 정도) 정도
물론 9홀만 돌았으면 이 또한 절반
조금 더 주는 단골 골퍼들도 있다
매너 좋고 맘씨 넓은 한국 골퍼들은 언제나 이들에게 VIP이다

초보 골퍼는 흔볼을 사용해도 좋다
클럽 가는 길가에 15천원에 30개 정도
그런데 요즘 로스트볼이 너무 낡았다
해외 골프관광객이 사라져 흔 공에 금이 갈 정도다
골프복도 편하게 입으면 된다. 대신 시원하게 입어야 한다
환복도 간편하다⋯ 반바지와 반팔
클럽이나 골프백도 있는 대로 쓰면 된다
그러나 양보와 매너는 품격이다
37도 창공에 늘 태양과 맞짱 뜨는 기분으로

굿 샷을 외치는 뜨거운 몸부림들!
더위를 잊기 위한
더위와 친해지기 위한

가끔 꿈을 꾼다
유명 여행지인 방비엥에 100홀짜리 골프장이 생긴다면
지난해 고속도로 개통으로 이젠 1시간 거리
병풍처럼 둘러친 구름과 기암절벽 속에
세계 최고의 골프장과 골프텔이 조성되어
겨울철 PGA가 개최된다면…
라오스 남부 커피 산지 빡송에
북위 10도의 서늘한 바람이 나뭇가지에 머무는
해발 1,000미터 볼라벤 고원에

빡세의 우렁찬 폭포수 소리를 따라
원시림 같은 코스가 세워진다면
가난은 저물고
따뜻한 웃음소리가
금빛 햇살처럼 울타리에 너울댈까?

─────── 한 뼘 더

    ♩ 한국의 겨울에 해당하는 12월부터 1월까지 라오스는 운동
      하기 딱 좋은 날씨다.

    ♩ 6월부터 10월까지 우기에도 구름 낀 날은 체감온도가 낮아
      져서 견딜만하고 상대적으로 여유롭게 라운딩을 즐길 수 있
      다. 파파야셀러드에 비어라오를 마시면서 굿 샷!

진정한 자유인이 되다

21세기 신인류가 비로소 열렸다.

닷컴 버블 이외 특이할 게 없었던 금세기가 극적으로 반전되었다.

과거에는 꿈꿀 수 없었던 유리벽 생활

마스크를 쓰고 사람 간 거리를 두고

극단적으로는 21세기 신 수용소 생활까지

우리는 이를 고상하게 격리생활이라 부르고

점점 당연시하고 있다.

강제적으로 부여된 21세기형 격리생활 14일째,

천신만고 끝에 5개월 만에 돌아와 내일이면 만기 출소

아무도 만나지 못하고 호텔 방안에 갇혀

매끼를 기다리는 양이 되었다.

벨이 울리면 밥그릇 찾아가듯,

하루 세 번 종이 울릴 때마다 문을 연다.

사람 모습은 온데간데없고

문 앞에는 플라스틱 포장 도시락이 놓여있다.

살기 위해서 밥을 삼켜야 할 시간, 맛이란 사치다.

중무장한 호텔직원이 하루 두 번씩 체온계를 멀리서 쏜다.

나는 두려움의 대상이다.

3월의 아침인데 벌써 30도가 넘었다.

에어컨을 틀고 창밖으로 눈을 던진다.

매일 똑같은 풍경, 불볕더위에 물도 목이 마른 듯 풀잎도 갈증을 뱉는다.

미국 드라마를 틀었다.

벌써 14시간 넘게 보았다.

채널을 돌려 중국 드라마를, 다시 라오스 음악을…

점심을 먹고 나니 속이 더부룩하다.

방과 거실을 총총히 돌아도 30보가 안 된다.

소화를 시키기 위해, 살기 위해 돌고 돈다.

방을 돌다 보면 제자리를 돈 것처럼 어지럽다.

벌써 기온은 37도를 웃돈다.

세계 주요국의 날씨를 보았다.

아프리카, 중동, 남미, 호주, 유럽, 인도네시아…

그중에 라오스가 제일 덥다.

더위를 잊어볼까 맥주 캔을 따서 마른안주와 곁들여 목 안에 턴다.

5시면 저녁 시간이다.

아직 허기는 먼데 젓가락을 든다.

세 명이 먹어도 남을 양, 주걱으로 꼭꼭 눌러 고봉으로 담아

풍성했던 덕석 같은 시절이 먼지처럼 아른거린다.

저녁 6시와 7시 사이.

하루를 정리하려는 듯 온갖 벌레가 유리창을 덮는다.

불빛만 있으면 어느 작은 구멍도 뚫고 습격하는 본능

마치 거대한 외계 벌레 떼가 출몰한 것만 같다.

잠깐 잊었다. 여기가 라오스라는 것을….

거실이 벌레 쭉정이로 뒤덮였다.

실내등을 따라 벌레들의 마지막 향연장이 되고 말았다.

그러나 이들의 축제는 잠깐이다.

바닥에는 그들의 향내가 즐비하다.

힘들지 않냐는 위로가 많다.

답답하지 않느냐는 걱정과 함께

사람마다 생각이 다르겠지만,

누구에게 간섭받지 않고 이런 시간을 갖기란 처음이다.

오로지 자신만을 바라볼 수 있는 시간이 없었다.

먹을 것도 입을 것도 잘 것도 아무 걱정이 없다.

오로지 자신만의 시간!

타인의 침입이 완벽하게 차단되었다.

세상으로부터 독립된 시간이다.

외롭기보다는 나만 볼 수 있는 시간이다.

태어나 처음 겪어보는 시간이다.

또한 세상과 전혀 단절된 것도 아니다.

언제든 한국에 있는 가족과 영상통화도 하고

친구와 문자며 동영상까지 실시간으로 나눌 수 있다.

갇혀 있는 것이 아니다.

열려있으면서 닫혀있는 진정한 자유인의 시간이라 할까?

뜬금없이 초인종이 울려 나가보니 옆방 격리자가 환하게 웃고 있다.

망고가 잘 익었다고 먹어보란다.

이제는 물리적으로 가까운 옆집이 진정한 이웃이 되었다.

세상은 열렸지만 멀리 사는 동무가 두려운 시대가 왔다.

코로나로 불확실해져 사람의 온기는 가까이에서 찾을 수밖에 없다.

같은 공간에 있는 사람이 더 안전하고 소중한 시대가 되었다.

이웃사촌의 전성기가 온 것인가?

───────── 한 뼘 더

¤ 소고기냐 돼지고기냐? 라오스는 돼지고기다. 가격도 싸지
만 소고기보다 훨씬 맛있다. 돼지갈비의 구수한 맛은 가히
일품이다. 메콩강변에는 지붕 없는 야외식당이 많다.

¤ 돼지갈비에 소맥 한잔 마시는데 2만원이면 넉넉하다.

¤ 강변 풍경은 덤이다. 별과 달은 보너스다.

루앙프라방 가는 길 - 해발 1,800미터를 넘어서

영상 20도, 이 좋은 정월에 나뭇잎이 흔들리는, 이 좋은 계절에 가만
히 있자니 몸이 근질근질하다.

코로나로 꼼짝 못 하는 세월이 되었지만 걷기에 참 좋은 날씨인데 이
기회를 놓치면 정말 후회가 될 것 같아 혼자서라도 오랜만에 길을 떠
나기로 했다.

어디로 갈까 궁리하다가 루앙프라방이 번뜩 떠올랐다.

도시 전체가 아담하니 고전적이며 유네스코가 지정(1995년)한 세계
문화유산으로 옛 왕궁과 사원 등 볼거리가 많고, 메콩강과 칸강이

아우르고 높은 산으로 둘러싸인 14세기 옛 라오스 란상 왕국의 중
심지. 무엇보다도 해발 700미터 위에 걷는 고도의 서늘함이 끌렸다.

2021년 12월부터 운행을 시작한 고속열차(라오차이나 기차)를 타면
쉽게 갈 수도 있다.
2시간도 채 걸리지 않는 빠른 속도와 라오스 첫 열차여행이라는 생
소함에 고민이 되었다.
또한 비행기를 이용하는 경우 40분이면 충분하다.
하지만 빠름 대신 낯선 느림을 선택했다.
비엔티안에서 방비엥까지는 고속도로(1시간 30분)
방비엥부터 루앙프라방까지 4시간의 산악길
한 번도 가보지 않은 길
모두들 위험하다고 고개를 절레절레 흔드는

그러나 가보지 않고는 알 수 없는 길

그리고 오늘 누군가는 넘어가고 있을 길

그래서 이 길을 가기로 했다.

가끔 오지체험 프로그램을 본 적이 있다.

바퀴가 빠지고 허기에 지친

두려움에 덜덜 떠는 어둠의 오한

이런 장면의 주인공이 될 줄은 몰랐다.

방비엥부터 바위산들이 실록처럼 즐비하다.

기암괴석의 아름다움이 파노라마처럼 펼쳐진다.

북쪽으로 갈수록 점점 높아지는 산봉우리

산이 높아질수록 더 낮아지는 구름

까시(Kasi) 시를 지나자 바람결이 거칠어졌다.

나뭇가지도 바싹 마른 1월 건기에….

갑자기 빗방울이 후두둑 후두둑

사방이 캄캄해졌다.

검은 구름이 백미러를 확 핥고 지나간다.

오르고 올라도 또 올라야 하고

돌고 돌아도 또 돌아야 하는 길

움푹 큰 웅덩이가 나타나 급정거를 하고

핸들을 오른쪽으로 돌리자

산덩이만 한 돌덩이가 앞을 가로막고 있다.

정신없이 한참동안 오름길을 타다 보니
앞이 텅 빈 듯 환해졌다.
구름을 뚫고 까오락 산 정상에 올라선 것이다.
해발 1,800미터 구름 위를 뚫고서

그래 어쩌면 우리네 삶도 이런 것인지 모르지
한 치 앞도 모르는
아무리 발버둥 쳐도 보이지 않는 길
운전석을 바싹 세우고 허리도 바짝 앞으로 기울여
보이지 않는 길을 보려고 눈에 불도 켰으나
그래도 보이지 않는다.
1단 기어를 넣고도 연신 브레이크를 밟는다.
내려가는 길이 더 위험하다.
고개를 숙여도 보이지 않는 낭떠러지
곧추선 목덜미가 아프다.
바로 앞 3미터는 상상의 세상일 뿐이다.
포장도로라기보다는 험한 산판길
무슨 일이 벌어지고 있는지 아무도 모른다.
예고 없는 운명 같은
꼬꾸라지기 쉬운 내리막길
한 시간쯤 구름 속을 헤맸을까?
구름에 감긴 산이 겨우 눈에 잡힌다.

구름 속을 나오자
고장 난 대형트레일러가 줄지어 서 있다.
한쪽 차선이 막혀 길이 뚫릴 때까지
반대차선은 꼼짝없이 기다려야 한다.
전화기도 터지지 않아 박힌 화물트럭들은
한 삼일은 넋 놓고 기다려야 할 판이다.
길 중앙에서 어슬렁어슬렁
누가 오든 말든 꼼짝 않고서 갈 테면 가라고
두 눈만 동그랗게 휘둥그레한 소 떼들
저 소 떼들과 이야기하며
영상 10도의 열대 추위를 녹여야 할 판이다.
저 소들은 어떤 이야기를 들려줄까?
구름의 속사정을 알고 있을지도 모른다.

루앙프라방 도심에 우뚝 솟은
푸시(산)에 올라서니
커다란 황금사원들 위로 파란 하늘이 열렸다.

해가 뜨기 전에
해가 지기 전에 늘 기도하는 사람들
구름은 산 아래에서 산꼭대기를 향해 있다.
내일이면 저 산길을 다시 넘어가야 하겠지
여기 산 아래 살고 있는 아담한 동네 사람들과
날마다 은하수를 그리며 떨어지는
꽝시폭포의 에메랄드 물빛소리는
절대 가본 적이 없다는 저 구름 너머를
나는 또 혼자 가야 한다.
어쩌면 그것이 산을 넘어온 자의 운명인지도 모른다.
루앙프라방 거리가 어둠에 스며들자
낮의 아늑함이 한층 고즈넉해진다.
여행자의 발걸음은 멈추었지만
야시장 여기저기 모여서 하루 지나온 이야기를 하느라
맥주잔도 목이 마를 지경이다.
이 길을 왜 왔느냐고

돌아갈 길을 굳이 왜 왔냐고 묻는다면
이유 없이 그냥 사는 날이 더 많지 않느냐며
루앙프라방 어린 소녀들은 피식 웃고 말 것이다.

─────── 한 뼘 더

☉ 라오스의 대표적인 여행지 중 하나가 루앙프라방이다. 세계
   적인 여행지다. 고대사원이며 꽝시폭포며 볼거리도 많다. 저
   물녘 메콩강 선상 식사와 함께 노을이 장관.

☉ 도심이 작아 운동화 신고 한나절 걸어 다닐 만하다. 아무 생각
   없이 며칠 보내다 오면 좋다. 잡다한 생각을 내려놓고 싶다면
   루앙프라방이 좋다. 모든 게 단순해진다.

라오스 첫 기차를 타고서

어렵사리 기찻길에 올랐다.

오직 역에서만 구매할 수 있다는 라오스 기차표

몇 번에 걸쳐 시도를 해보았지만 이미 만석이었다.

하루 2~3차례 다니는 열차를 꼭 한번은 타보고 싶었다.

2021년 12월부터 운행을 시작한 라오스의 기차역사

바다가 없는 내륙국가의 한계를 벗어나고자 절치부심 끝에 60억 달러

를 투여하여 6년여 만에 완성된 그 열차를 귀국하기 전에 한번은 꼭

타야 할 것 같아서 수소문 끝에 웃돈을 얹어주고 기차표를 구하였다.

아침 일찍 들뜬 마음으로 길을 나섰다.

한 시간 일찍 도착해야 한다는 당부 때문에 8시발 루앙프라방행을

타기 위해 7시도 안 되어 역에 도착했다.

이미 기차역에는 여행객들로 붐비고 있었다.

해외 나들이처럼 커다란 가방을 끌고 왁자지껄

시내에서 30분이나 떨어진 외진 이 역까지 왔지만 피곤이란 기색은

아랑곳없이 마치 봄 소풍 나서듯이 사람들의 얼굴에서는 붉은 화색

이 돌고 있었다.

여권과 백신접종증명서와 열차표를 보이고 첫 관문을 통과하자 X레이 검색대가 나왔다.

짐을 올려놓고 검색대를 지나자, 보안요원의 손이 내 몸의 앞뒤를 샅샅이 훑는다.

항공기 탑승 시보다 더 꼼꼼한 검색 프로세스이지만 아무 불만도 없이 줄을 서라 하면 줄을 서고 기다리라면 기다리고 3차례에 걸친 탑승 수속을 잘도 받는다.

열차에 오르자 통로가 꽉 막혔다.

좌석을 못 찾아 이리 얽히고 저리 설키고 아마도 첫 기차여행이라서 그런지 산골짜기 아낙이 첫 서울 나들이 가듯 모두가 어리둥절한 표정이다.

커다란 보따리들이 난간에 북새통을 이루어 갈팡질팡

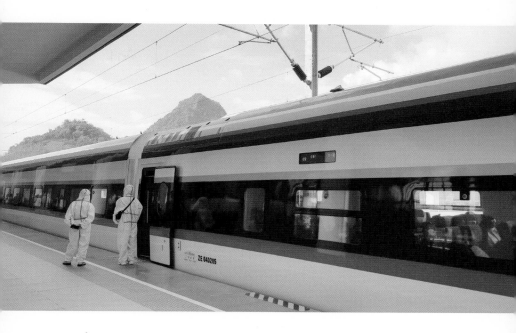

출발을 알리자 열차는 철로 위를 스르르 미끄러진다.

모두들 자리를 잡고 겨우 한숨을 돌린다.

1시간 거리인 방비엥까지는 2월의 벼 논과 산에 걸린 구름들이

유리창에 파노라마처럼 펼쳐진다.

고속철도지만 최고속도가 160Km에 지나지 않아 풍경이 걸려있다.

하지만 산악지대인 까시부터는 온통 터널이다.

터널이 끝났나 싶으면 또다시 터널이다.

총연장 414Km 중 170개의 다리와 72개의 터널로 200km 가까이가

터널과 다리로 이루어졌다고 한다.

터널이 길어지자 마치 지하철 타는 기분이 든다.

안락한 풍경여행은 고사하고 졸음이 몰려온다.

그러다 얼핏 유리창에 하늘이 드러났다.

2시간도 안 되어 루앙프라방에 도착했다.

기차에서 내리자 더운 바람이 확 얼굴을 끼얹는다.

하늘 높이 치켜들고 마치 큰 사찰처럼

산들로 빙 둘러싸여 당당하게 앉아있는 루앙프라방역사

탑승객이 쏟아져 나오자 역사는 일시 활기를 띤다.

라오스 철도의 최대 수혜지역이라는 이곳

중국 운남성과 라오스의 수도에서 접근이 훨씬 쉬워졌다.

주차장에는 미니버스며 오토바이며 뚝뚝이까지

도심까지 데려다줄 운송수단이 줄지어 손님을 부른다.

2만5천 킵(3천원)을 지급하고 미니버스에 올랐다.

움푹 파인 비포장도로가 대부분, 일부는 포장공사가 한창이다.

20km 산길을 돌고서야 도심에 도달할 수 있었다.

루앙프라방 강변에서 블랙커피를 마시며

아직 어설프기도 한 라오스 기찻길의 여독을 풀었다.

중국의 일대일로(Belt and Road Initiative) 전략과 라오스의 내륙국

가의 한계를 벗어나려는 오랜 숙원이 맞물려 라오스 지분은 30%(중

국지분 70%), 대중부채 15.4억 달러를 껴안고 건설된 라오스철로

이 철로는 라오스에게 Game changer가 될 수 있을까?

Pan-Asia의 3개 철도망과 일대일로(Belt and Road Initiative)가 완성되고, 라오스의 철도 연결망, 호텔 등 기반시설이 구축될 경우 라오스에 경제적 이득이 발생할 것이라는 전망도 있다.

Pan-Asia 철도망의 일부 구간
1. 서부망: 쿤밍-미안마-태국-말레시아-싱가포르(지연)
2. 중부망: 쿤밍-라오스-태국
3. 동부망: 쿤밍-메트남-캄보디아-태국(지연)

현재 워낙 불량한 육로의 차량수송과 비교해서 철도는 운송비를 40% 감소시키고, 운송시간은 70% 단축된다며, 최근 2개월 동안 139,000톤의 화물수송과 일 평균 1,700명의 탑승실적을 기록하고 있다고, 언론은 하루가 멀다고 대서특필하고 있다.

하지만 아직 갈 길은 멀어 보인다.
시 외곽에 위치한 기차역까지 연결로가 턱없이 부족하고,
표 예매조차 어렵고 호텔 등 편의시설은 미비하다.
기차요금도 라오스 국민이 이용하기에는 너무 비싸다.
일등석과 이등석의 가격 차이는 있으나 여전히 크다.
예전의 통일호나 비둘기호 같은 저렴한 열차는 없다.
방비엥과 루앙프라방을 주요 관광 거점으로 두고 있지만 라오철도는 열차여행 자체의 관광유입보다는 대중국 화물운송의 주요 수단이

될 것 같다.

코로나가 끝나고 국경이 활짝 열린다면 중국의 철로 여행객이 얼마나 유입될까?

기대만큼 대륙 화물수송의 주축 역할을 할까?

15억 달러 빚에 허덕이지 않고 부가가치가 창출되어 애물단지가 아니라 복덩어리가 될 수 있을까?

라오스에 놓인 철도지만 중국이 70%의 소유권을 가지고 있다.

이 야릇한 곤경을 어떻게 벗어날까?

그래도 희망을 가져본다.

동남아 거점 허브로 크려는 꿈은 아직 진행 중이다.

이 철로가 라오스 남부 빡세까지 종단으로 연결되고 태국과 베트남 등 이웃과 횡단으로 이어진다면 단기적인 운영 재정의 어려움을 극복되고 철로는 녹슬지 않고 철마는 달릴 수 있으리라 기대해본다.

부디 그리되기를~~~

그래서 중국을 넘어 한반도까지

부산역에서 기차를 타고 평양을 거쳐 유라시아까지

대륙을 횡단하는 철도여행의 꿈이 이루어지길

그땐 값비싼 비행기를 제쳐놓고

수삼 일이 걸려도 철도를 타고

중국을 넘어 라오스까지 사람의 풍경을 담아 보리라

2월 시엥쿠앙에서는요

밤이 어슬어슬 다가오면

살갗에 소름이 돋아요

창문 없는 식당에 앉아

볶음밥을 먹는데

뜨거운 국물을 찾게 되고요

거리에 사람들이

두꺼운 잠바를 입었는데도

새파랗게 질린 얼굴

그 이유를 알게 되었어요

다랑이논들이 다닥다닥 붙어서

논두렁 사이로 소 떼들의 녹색 되새김질

소똥들로 발 디딜 곳이 없어요

전기장판을 틀고 침대에 누웠지만

콧등에 한기가 느껴져

이불을 얼굴까지 뒤집어쓰고 있어도

몸이 바들바들 떨려요

입에 문 옥수수

이게 웬일일까요?

물컹했던 메콩강변 옥수수 맛과 달리
쫄깃쫄깃 입속이 찰지네요
아! 7시간을 넘게 산길을 헤맨 끝에
건졌다면 이 찰옥수수 맛 하나일까요
시엥쿠앙의 밤이 옥수수수염처럼
떨고 있어요. 이 2월에 말입니다

──────── 한 뼘 더

  ¤ 라오스 동북부 산악지대(퐁사리, 후아판, 시엠쿠앙)는 겨울
    에는 0도까지 떨어져서 얼어 죽을 수도 있다고….
  ¤ 더위를 피하기 위해서 지은 집들이라 추위엔 약하다.
  ¤ 겨울엔 온돌이라도 놓아야 할 판이다.
  ¤ 겨울철엔 전기장판이 필요하다고 다들 챙겨간다.

돌항아리를 찾아서…

세계문화 유산이라고?

7시간 거리를 마다치 않고 달려왔다

어찌나 깊은 산골인지 구글맵도 길을 못 찾아

엉뚱한 신작로를 안내하는 바람에 한 시간을 되돌아 나오는 헛고생

까지 겪었다.

개울을 건너고 외길에서 막다른 골목까지 겨우 차를 돌려 되돌아 나

오는데 덤프트럭이 내뿜는 먼지 구름이 앞을 가린다.

좁은 신작로에서 추월도 못 하고 외통수길

하지만 내비는 자꾸만 자꾸만 오던 길로 되돌아가라 한다.

이 몹쓸 놈의 비의 고집

앞유리는 진흙으로 덮여 깜깜인데

이 낯선 길을 누굴 믿고 가야 할지?

5시간 넘게 고갯길을 넘나 돌아

고불고불 산길을 돌고 돌아

시엥쿠앙에 왔는데도

아는 이 하나 없고 안내판도 모르쇠다.

어디를 가야 할지 알 수가 없어
저 똑똑한 내비에게 다시 물을 수밖에
시내 경계에서 교통경찰에 잡혀 사무실까지 불려가 30분을 떼이고
움푹 파인 구멍을 피해 겨우 도착한 돌항아리 유적지 입구,
소똥들의 별천지다.

똥을 밟지 않고는 설 곳이 없다.
내비를 따라 왔지만 유적지라고 도저히 믿기지 않았다.
또 당한 것인가?
그래도 찢겨진 안내판과 낡은 지도가 남아있어서 돌항아리 유적지라
는 생각이 들었다.

시냇물 위로 놓인 외나무다리

무너지고 헐고 구멍 난 다리

그 다리를 건너자 논두렁길이 쭉 펼쳐졌다.

설마 이게 세계문화유적지로 가는 길이라고?

도저히 믿어지지가 않아 되돌아 나왔다.

길을 물어보려 해도 안내판도 사람도 보이지 않는다.

그래도 이 먼 길까지 왔는데 되돌아가려다 마지막으로 길 구석에 졸

고 있는 촌로에게 물었더니 이 논두렁길을 쭉 따라가라 한다.

다시 차를 돌려세우고 그 길을 다시 따라갔다.

두 개의 울타리(사다리)를 넘고 또 한참을 오르자 마침내 철망에 둘

러싸인 돌항아리가 드러났다.

고대의 무덤인지?

사람 크기만 한 크기로 파인 돌항아리

어느 곡식의 보자기였을까?

쌀가마니만 한 크기의 돌항아리

콩 한 말 담을 만한 크기도 있고

아직도 물 한 소쿠리 담고 있기도 하고

풀 한 무더기 자라기도 하는

넘어지고 쓰러지고 쪼개지고

제멋대로 만들어지고

제멋대로 늘어선 돌항아리

세월에 방치된 항아리 위에 동네 꼬마들이 말 타기를 하고 시시덕거리며 뛰어노는 놀이터!

관리인도 없고 관리의 흔적도 없다.

오래 방치되었는지 논두렁길마저 무너졌다.

그냥 그대로 소똥에 묻혀서 다랑이논에 박힌 채로

누가 믿겠는가?

이곳이 세계문화유산 돌항아리 유적지라는 것을

30여 분 걸어서 돌 항아리 앞에서 앉아 있다가 다시 논두렁길을 걸어 나오며 끊이지 않는 질문을 다랑이 논둑에 던졌다.

어떻게 만들었을까?

얼마나 오래 걸렸을까?

이것들은 왜 이리 한 곳에 모여 있을까?

진짜 거인들이 모여 산 동네였을까?

돌 정도는 아주 간단히 주무를 수 있는 신기한 기술을 가진 외계인의 소꿉장난이었을까?

이 풀리지 않는 수수께끼를 생각하다가 결국 소똥을 밟고 말았다.

돌항아리 유적의 기념비처럼

7시간을 되돌아 다시 비엔티안으로 오는 길

이젠 내비를 믿지 않기로 했지만… 그러나 내비를 다시 켰다.

역시나 엉뚱한 길로 꾸준히 안내한다.

이젠 무시하고 어제 왔던 길로 다시 간다.

이미 여행자도 알고 있다.

하지만 돌아오고서야 알았다.

내비는 돌항아리평원 3으로만 안내를 했다

돌항아리평원 1도, 돌항아리평원 2도 아닌 저 야트막한 산자락으로 촌놈인 줄 어찌 알고 멀고 먼 돌항아리평원 3으로만 몰고 갔다.

언제 다시 찾아갈거나 저 먼 길을

돌항아리평원 1은 구글 내비에도 없다.

그렇다고 라오스 자체의 내비가 있는 것도 아니다.
속상함을 감추려고 길가 임시 마켓에 들러 산속 깊이 살고 있는 라오
숭들의 먹거리를 몇 개 골랐다.

───── 한 뼘 더

　　　　ㅁ 낯선 곳의 자동차 여행은 흥미진진하다. 라오스 문화에 익
　　　　　 숙하지 못한 외국인에게는 현지 지인들과 함께 자동차 여행
　　　　　 을 한다면, 무궁무진한 추억이 쌓일 것이다.
　　　　ㅁ 가끔 주유소가 한참 없을 때가 있다. 주유소가 나타나면 기
　　　　　 름을 가득 넣고 걱정은 덜어야지.

젊음이여! 방비엥이여!

그대 젊음을 부르고 싶다면 방비엥에 가보라
사계절 푸르고 푸른 나무들로
세월의 변화를 알 수가 없다
그 기괴하고 신비로운 산자락
가파르게 깎아 올린 봉우리
그 위에 갓 태어난 애기 구름들이
낭떠러지를 구르면서 까르륵까르륵 웃고만 있다

구름들이 뭉쳐 만들어낸 호수
그 속엔 웃음들이 수없이 담긴 블루라곤
한번 들어갔다 나오면 근심이 사라진다
타잔처럼 나무에 올랐다
와르륵 와르륵 다이빙 소리보다 더 큰 함성
9월도 6월로 읽히는 녹색 향연
금방 30년이 젊어지는 신비의 방비엥

호수에 발을 담그고 노를 저어보자
저만치서 비어라오를 들고선 아낙들

어디로 갈지 알 수 없어
어쩔 줄 모르고 부딪히는 카약
난파선의 즐거움이 넘치는 강
강변 임시 나루터에 배를 대고
낯모른 이들과 맥주 한잔 치켜들면
거품보다 더 커지는 웃음소리
국적도 성별도 따지지 않는다

그대 나이를 잊고 싶다면 방비엥에 가보라
한낮의 더위가 40도를 웃돌기도 하여
나이고 주름이고 생각할 겨를이 없다
또 아무도 나이도 세월도 묻지 않는다
그대 그저 좋은 사람이면 된다

밥 한 끼 나누고 맥주 한잔 나눌 수 있다면
누구나 친구가 될 수 있는 방비엥
누구도 홀로 있게 가만두지 않는 곳

전망 좋은 산꼭대기에 오르면
700CC 오토바이가 있다
그것을 타고 한참 있다 보면
구름 위를 나는 것 같은 기분
모든 것이 바람의 조각이 된다
눈을 감고 속도를 높여
서쪽 하늘에 핀 노을 속으로 달려보자
천상계가 바로 앞에 있다

언제나 뜨거워서 청춘의 옷차림
늙어도 젊어질 수밖에 없다
반바지와 반팔로 그을린 초저녁에는
원두막에 앉아 파파야샐러드에
찰밥을 찍어 입안을 헹구고
얼음 반 맥주 반을 섞어서 한 모금 마시고
밤의 전경에 맞추어 노래와 춤의 선율
방비엥의 향연이 시작된다
두 발을 강물에 담그고

철렁철렁 물장구를 치며
인심 좋게 물세례를 퍼붓는 사람들

그대 젊음이여 방비엥에 오라
늙어도 늙지가 않고
죽어도 죽지가 않는 방비엥에서
뱃놀이나 한번 하자
맥주 한잔 거나하게 마시고
세상 시름 강물에 다 던지고
아니 시름이란 없는 방비엥에서
노래 한 자락 신나게 불러보자

─────── 한 뼘 더

ㅁ 방비엥 가기가 엄청 쉬워졌다. 인천에서 비엔티안까지 국제
선, 비엔티안에서 고속도로를 타고 자동차로 1시간 30분이
면 방비엥이다. 라오스 최초 고속도로가 반듯반듯하게 잘
닦여있다. 물론 기차로도 한 시간이면 갈 수 있다. 기차역이
외곽에 있어 이동이 좀 불편하기는 하지만….

ㅁ 방비엥의 풍경도 절경이지만 등산, 집라인, 카약 등 놀거리
가 풍성하다. 무엇보다도 강변 원두막에서 즐기는 밤 맥주
맛이 죽인다.

에필로그

왓따이 공항에서 이별 30분

소풍 같은 3년!

한밤중 공항 대기석에 앉아 떠올려본
라오스에서 보낸 세월
첫발을 디딘 것도 숨이 턱턱 막히는 3월이었다.
여기서 어떻게 살아낼지
첫 심정은 설렘보다는 두려움이었고
바로 되돌아가고 싶었다.
도착하자마자 실망이 엄습해왔다.
현기증 나는 열대의 무더위가 너무 거슬렸다.
산들산들 봄바람 불고 진달래 피는 고국으로
하루라도 빨리 귀국기를 타고 싶었다.
내가 왜 여기까지 왔을까?
무슨 영화를 보겠다고 가족과 헤어지면서까지
동녘 유리창에 수백 번 던져 보았던 물음
그리고 한참을 우두커니 서서
차량의 꽁무니만 맥없이 바라보았던 숱한 시간들

비어라오와 무더위에 익숙해질 무렵
루앙프라방에서 아내와 함께 식중독에 걸려보았고
친구들이 찾아와 돼지고기 맛이 최고라며
얼음 탄 맥주를 취하도록 마셔보았다.
하지만 첫해가 지나가기도 전에
코로나가 온 세상을 덮치고 말았다.
라오스를 알기도 전에 모든 것이 멈추었다.
유일한 탈출구는 메콩강이었다.
매일 새벽 메콩강변을 걸었다.
매일 저녁 메콩강변을 걸었다.
가끔은 군경이 입구조차 막았지만
그래도 마지막 보루는
하루 2시간 남짓 강변을 산책하며
라오스의 눈물과 웃음을 담아 보는 것이었다.

메콩강의 나그네가 된 것은 행운이었다.
비 오는 날에도 갔다.
바람 부는 날에도 갔다.
갑작스런 폭우에 옴짝달싹 못 하고
강변 호텔에 갇혀 비에 젖은 생쥐 꼴로
한참을 기다린 적도 있었고
커다란 들개가 무서워 돌아선 적도 있었다.

강물 위엔 사는 어부의 새벽 낚시소리도
허리 굽은 노인들의 거친 입담도
자전거 바퀴살에 걸어놓고
달랑 반바지에 반팔티를 걸치고 매일 걸었다.
초저녁별은 왜 그리 밝은지
초승달은 왜 그리 큰지
석양이 물드는 시간에는 노을에 나를 태웠다.
내 안에 있는 외로움도
내 안에 있는 그리움도
까만 재가 되어 강물 위에 흩어질 때까지

그 후 2년 동안 메콩강 말고는
라오스에서 아니 비엔티안에서만 꼼짝 않고 있었다.
이웃 나라는커녕 수도 이외 지방에도 갈 수가 없었다.
덕분에 주말마다 주재원들끼리 운동을 할 수밖에
재미가 없어서 밥 내기도 하고
술 내기도 하면서 돈독해지는 이방인 생활
주말마다 할 수 있는 것이라고는
몇몇 되지 않는 이들과 같이 운동하고
같이 밥 먹고 같이 술 마시는 것이 다였다.
40도의 햇살 아래서 36홀을 돌기도 하고
주르륵 소나기가 쏟아지는 날에도 굿샷을 외쳤다.

12명이서 두 조로 나누어 티업을 하는 날에는
마치 가을 소풍을 온 것 같았다
캐디까지 24명이 파란 잔디 위를 발맞추어 걷노라면
저녁 무렵에는 모두 취해있었다.
모닝글로리와 파파야샐러드 그리고 구운 돼지고기에
알딸딸하게 마셔버린 비어라오
스코어는 빈 캔이 대신 말해주었다.

마지막 3개월은 환상이었다.
시한부의 마지막 버킷리스트를 채우듯
송별식도 그린 위에서 이루어졌다.
이들과 시판돈까지 함께 자동차 여행을 갔었고
집들이를 핑계 삼아 밤을 새워 술판도 벌였다.
라오전통악단을 초대하여 함께 춤사위를 벌이기도 하고
또 누군가는 대문을 활짝 열고 갖은 음식을 준비하였다.
석양에 와인 잔을 건넨 오렌지빛 미소
잊을 수 없는 소중한 인연들

이제 탑승할 시간이다.
조금 전 공항까지 배웅해준 사람들
아직 내 등이 따뜻하다.
공항 카운터에서 라오스 전통음식

마지막 비어라오를 마신 시간이
벌써 추억이다.
늘 돌아오지 않는 시간을 살고 있다는 사실이 슬프다.
그러나 그 시간을 돌리는 것은 내 마음뿐이다.

소풍을 끝내고 돌아가는 시간
혼자 여행하고 혼자 생각하고 혼자 외로웠던 것마저
기념비처럼 새기는 것 말고는 또 뭐가 있겠는가?
고맙고 감사했다.

당신은 내게 좋은 사람입니다

라오스에서 알게 되었어요

혼자 살다 보니 더 처절했을까요

시간을 내주는 사람이 최고였어요

절대 시간을 내주지 않는 사람도 있어요

어쩌다 점심 약속을 잡아도

약속날짜에 바쁘다며 취소하는 사람

점점 알게 되었어요

바쁘다는 말이 나는 그에게

별로 중요하지 않다는 의미라는 것을

반면에 선뜻 시간을 내주는 사람

선약이 있어도 일부러라도 조정하고

아니 되면 꼭 다음 날짜라도 잡는 사람

점심 한 끼 먹자 하면

가타부타 묻지 않고 식당부터 잡는 사람

주말이면 바쁜 일정임에도

시간을 쪼개어 함께 운동하고

가족 눈치 교회 눈치가 보이는데도

끝까지 곁에 남아주는 사람

그의 몸도 힘들 텐데도

사람이 좋다며 미소를 담그는 사람

한두 번 약속을 거절당하면

더 이상 연락하고 싶지 않지요

그 사람은 또 바쁘다고 이유를 붙이니까요

라오스에서 알게 되었어요

시간을 고봉으로 내주는 사람이

내 곁에 얼마나 많은지

돈보다도 시간 부자가

진짜 부자라는 것도 알게 되었어요

그 사람이 내게 시간을 내줄 때

나는 그의 세계를 함께 할 수 있지요

라오스에서 정말 즐거웠던 것은

사심 없는 시간이었습니다

서 평

글이 살아 숨 쉰다는 것이 이런 느낌일까?
한번 가본 사람이라면 꼭 다시 찾아온다는 라오스! 글 속에 머무는 동안 라오스의
경제·사회·문화, 그리고 사람들이 꾸밈없이 그려져 라오스가 더욱 정겹고 마음이
따뜻해진다.
내가 아는 라오스, 내가 알지 못했던 라오스, 알고 싶었던 라오스가 작가의 펜 끝을
통해 사람 내가 진동하는 추억이라는 옷을 입고 나에게 말을 건넨다.
라오스를 동경하는 사람, 그리워하는 사람, 또 알고 싶어 하는 사람에게 고스란히
감동을 던져주는 글밭에서 나 또한 잔잔한 힐링을 얻는다.

글로벌녹색성장기구(GGGI) 라오스 수석전문관 김소미

삶에서 스쳐 지나가는 시간과 공간이 잠시 멎었다.
책장을 몇 장 넘겨가다 오래 걸리지 않아 라오스의 자연과 사람과 한몸이 되어 같
은 배를 타고 동행하게 된다.
인간의 본성에 다가가는 순하디순한 원시의 여행길이다.
라오스의 일상을 파스텔 색채로 물들이는 글 마디에 내 발걸음도 멈춘다.
붉게 물든 메콩강 어디쯤 나를 찾아가는 여정이 한창이다.

주라오스대사관 공사참사관 서원삼

신비의 땅 라오스!
아직도 때 묻지 않은 순수함을 가진 나라로 소개되지만 TV나 SNS에서 자극적이고
잘못된 정보를 자주 접하곤 한다.
그 한 예로 라오스 고위층은 불어를 많이 사용한다는 황당한 이야기도 떠다닌다.

하지만 작가가 표현한 라오스는 사실적이며 풍경 그대로다.

작가와 함께 걸었던 노을이 물든 메콩강변길!

첫 장을 펼치자마자 Guru처럼 삶의 지혜가 마주한다.

또 하나의 세상을 선물처럼 읽다가 한 글라스의 맥주가 더욱 당긴다.

한국서부발전(주) 라오스법인 사장 김병철

ສະບາຍດີ (싸바이디-안녕하세요)

라오스에 오면 제일 먼저, 그리고 가장 많이 듣는 말이다.

언제나 밝은 미소를 지으며 인사하는 라오스 사람들

책을 들여다보니 왜 그들이 이리도 맑은지 그 이유가 선명해졌다.

아직 때 묻지 않은 자연의 아름다움과 그 속에서 숨 쉬는 사람과 동물들의 조화로움, 그리고 한국인으로서 살아간다는 자부심까지 작가는 섬세하게 터치하였다.

ຂອບໃຈ (컵짜이-감사합니다)

언제나 감사함으로 행복한 라오스 사람들! 가난은 아무 문제가 아니다.

글귀마다 숨어있는 라오스를 음미하면서 덩달아 행복해진다.

DGB Lao Leasing Co., LTD 법인장 김정현

초록의 맑은 수채화!

새벽 메콩강, 초승달의 밤하늘, 천둥 같은 소나기, 젊은이의 고뇌와 그들의 꿈과 희망, 그리고 한류….

글의 오솔길을 따라 걷다 보면 여행자로 알기 어려운 그들의 삶 속에서 같이 먹고 마시고 호흡하며 노래하는 라오스의 매력에 흠뻑 빠지고 마는 감동들이 울렁인다.

발길이 제한된 코로나 팬데믹 상황에서 가난한 나라에서 겪는 곡절들…

한번 가보았던 라오스! 다시 가지 않으면 안 될 라오스의 속살들이 눈물겹다.

교수 안종상